徐伊丽 著

缘来如此

YUAN LAI
RUCI

时代出版传媒股份有限公司
安徽文艺出版社

图书在版编目（CIP）数据

缘来如此 / 徐伊丽著. -- 合肥：安徽文艺出版社,2025.6
ISBN 978-7-5396-7931-0

Ⅰ．①缘… Ⅱ．①徐… Ⅲ．①长篇小说－中国－当代 Ⅳ．①I247.5

中国国家版本馆CIP数据核字(2024)第026000号

出 版 人：姚 巍
责任编辑：汪爱武　　　　　　　　装帧设计：徐 睿

出版发行 安徽文艺出版社　www.awpub.com
地　　址：合肥市翡翠路1118号　邮政编码：230071
营 销 部：(0551)63533889
印　　制：安徽新华印刷股份有限公司　(0551)65859551

开本：880×1230　1/32　印张：6.625　字数：122千字
版次：2025年6月第1版
印次：2025年6月第1次印刷
定价：36.00元

（如发现印装质量问题，影响阅读，请与出版社联系调换）

版权所有，侵权必究

1

蒹葭穿过一条漆黑幽长的小巷,突然闻到了妈妈的味道,顿时全身痉挛,如孤儿般无助、凄凉。

怎么会是妈妈呢?那个跟蒹葭一样勤劳、善良却苦难重重,一直吃斋念佛的女人早已看透红尘,宠辱不惊,像佛一样安详,她怎么会出现在这里呢?

尽管她非常渴望能在这里见到妈妈,但蒹葭知道,在这里是绝对不可能遇见妈妈的。她想,或许每个人在最无助、最脆弱的时候,第一个想到的永远是那个给了自己生命、呵护自己成长、永远在某个地方想念和为自己祈祷的妈妈。

猛然间,她对这个多年未见的南方小城多出了许多好感:有妈妈的味道的地方,再遥远也是故乡。

这里确实是故乡,大学四年,人生中最精彩的青春年华都是在这里度过的。她把梦想、希望、青春、热血、欢乐、爱情全都给了这片土地。十三年以后再回首,尘满面,心已伤,自己在这里的四年到底收获了什么呢?再回首,能否找回当年那个年少轻狂、自以为是的自己呢?

她没有刻意去寻找,狭窄的巷子像一把长驱直入的剑,阳光见缝插针地跑来看热闹,将蒹葭那瘦弱纤长的身影拉成铁塔似的挺直,刚好掩盖了她苍白的鹅蛋脸上的倦意和愁容。青绿色的长裙无声地包容了她大阔步的粗鲁,裙摆随着她的长发偶尔放肆地翻飞一下,算是调整一下这死寂的单调,只有那铿锵的脚步声为平日纤弱温婉的蒹葭奏出了复仇似的雄壮。她故作洒脱地深深呼吸,而后一个漂亮的转身,裙裾飘飘,很想飘出天边那抹彩虹般的妖娆,可裙儿又识趣地收敛了,反而显得更沉稳、更舒缓、更成熟,顷刻间跟这个极其不和谐的城市有了某种协调。

她为自己装出来的那丝沉稳感到幼稚和滑稽,一整天了,滴水未进,身上还有伤,在这个已然陌生得连空气都生硬的城市中身无分文地疾步了一天,却还能如此淡定和沉稳,这是她从未有过的壮举。她终于明白了一个道理:人只有放下时才是最强大的。人之所以畏惧,多是为他人所累,一旦他人不再束缚你的时候,你也就无所畏惧了。

可蒹葭真的放下了吗?在她拿刀砍向自己的那一刻,她也以为自己放下了。一段情,一个女人尽管用的是绝情的方式,但也耗尽了这个女人半生的心血和全部的精力,怎么能说放下就放下呢?仇恨一旦入驻脑海,就像癌细胞一样在体内驻存,要想祛除,是要经历漫长的脱胎换骨的煎熬和生死较量的。

向前,向前,母校已经物是人非,但在最脆弱的时候,蕙葭还是特别怀念这里,她不相信这个曾经连风都柔和、浪漫的地方会教育出像庄丰这样如同冰雹般冷硬的人来,是自己错了吗?

巷子的尽头依旧是那条还算宽阔的大路,周围建筑东倒西歪,有的已经用绿色的网围了起来,有的已经沦落为横七竖八的垃圾。商店少了一些,车来车往,陈旧、肮脏的民居和悠闲的原住民多了起来,不规则的小摊零星点缀,快递小哥往来于每个巷道或角落,收废品的也扯着嗓子、叉着腰,用手机谈着如同出售埃菲尔铁塔般的重要"项目"……这里,谈不上大都市般的欣欣向荣,但也绝对不是死气沉沉的。

陈年建筑东倒西歪,陈年老树却婆娑摇曳,将军似的屹立在路的两旁站着最后一班岗。闲逛的、打牌的、拉家常的人随处可见。人们看似特别悠闲,仿佛有着无穷的时间供他们任意挥霍。一户灰墙绿瓦的人家的窗台上摆了几盆花,花盆白净,不算细瓷,却也有着细瓷般的清亮,瓷器上镶着的是那种极其富贵的白色牡丹花,有金边,看上去很有品位,给这个初夏黄昏的街道平添了几分生气。盆中的花也是白色的,又不是特别白,黄白,或者用灰白形容也都不算准确，反正不清丽。花种应该是牡丹，却开出月季的娇小来，疙疙瘩瘩的，像一个人的心思一样，怎么都舒展不开。此地湿气重、温度高，许多花一年只开两季，牡丹也不例外。此时正是全国各地牡丹最妖娆的季节，而这里的牡丹开得很艰难，比起瓷器上镶的花反而显得有些猥琐，倒是跟这条街的凌乱有一拼。那种妈妈的味道就是从这个窗台有花的不规则的居民楼里飘出来的。

棚户似的房屋，低矮而固执，东一栋、西一片顽强地立在那里，像跟谁在较劲，不方不正，毫无章法，参差不齐，一层、两层、三层的都有，像农村的屋舍。只有那密密麻麻不透缝隙的拥挤和寸土寸金的灰白的路和墙告诉你，这里不是庄子，而是被遗忘的城市一隅。当然，这样的房子的外墙上是大红圈里写着"拆"字的，房子便看上去又没有被遗忘。不久的将来，这条街可能就会变成富人区了吧！因为这一带临海，又是老城区的中心部分，看看周围已经耸立起来的小楼门前的广告就知道，一平方米二万五千元的楼价，除了北上广深，在当下任何一个城市都应该算是高端住宅了。所以这一带将来差不了。

现如今全国各地房价都在猛涨，在一个城市拥有一两套房子的不算是富人，但拥有一整块地的那绝对是富人。这些棚户房、自建房并不值钱，可是这里的地皮值钱，这块土地上的人在不久的将来绝不会是穷人。当然,眼前有些房子还没拆迁,楼前坐的这两个人应该算不上富人,至少目前是这样的。

楼前坐着两个看不出年龄的老太太,她们的脸上褶皱摞褶皱,眼睛浑浊。高个子老妇人的嘴是凹进去的,嘴里应该没几颗牙了。矮个子老妇人一张口,满嘴整齐洁白的牙齿,一看就是假牙,因为这一细节上的讲究,就显得比高个子的老妇人年轻许多。两人都很瘦弱,透过薄薄的、没有形状的白汗衫甚至能看清她们每一条肋骨,两个干瘪的乳房已经没有了任何形状,若不是有两块黑色透过衣服,还真可以忽略她们曾经有过这么一对器官。

这两人看上去不像姐妹,应该是邻居,因为高矮不一、口音不同,五官相貌也相差很大。

老人们跟前放着一张小方桌,看上去有些年头了。两个老人相对而坐,百无聊赖地打着"争上游",却又为你多摸一张牌,她多看一张牌争得面红耳赤,有时还骂开了,却谁也不散场,只为赢一把一分的硬币。因为分币不在市场流通很多年了,也就显得弥足珍贵。而对于这样的两个老人而言,却算是最奢侈的赌博了。

在老太太们身旁的街道上,还放着一张同样有些年头的长条桌,桌子上摆着几个形状各异的菜篮子,是那种用废弃的编织袋拆了编织的菜篮子,长的、圆的、方的都有,红红绿绿,谈不上精致,也谈不上粗糙,20世纪80年代应该还有许多人青睐这种菜

缘来如此

篮子，21世纪的人们早就不用这个东西了，都用塑料袋。即使老太太们怀旧，只怕也很少有人问津了吧？不知道是这两个老太太实在闲得无聊编织的，还是从哪儿弄来摆在这里的，反正南来北往的人没一个人愿意驻足多看一眼。因为这些东西既没有实用性，也没有观赏性，更没有收藏价值。

长桌子的旁边有一个蜂窝煤炉子，炉子上黑乎乎的砂罐咕噜噜响着。那个属于妈妈的味道就是从这里飘出来的。

蒹葭走了过去，有一种时空交错感，街道、老人、房子、牡丹、分币、菜篮子、瓦罐，这分明是很久很久以前的生活景象，居然在这个城市的一隅得以完整地留存下来，是此地被时空遗忘，还是此地的人们遗忘了时空，不知今夕是何年？这应该是本地居民很多年前的生活场景，国家若将它完整地保留下来，可作为改革开放数十年变化的一个活教材。

这个年代对于蒹葭来说，是多么遥远而陌生啊，可自己为什么最近一而再，再而三地与这个时空对话？

这确实是一个陌生的时代，陌生得让她窒息，眼前的事物更让她有些不知所措，莫名地烦躁。冥冥中她感觉自己一定跟这个时代有着某些关联，这种感觉从见孟非子的第一面起就开始了。她又分明在极力地挣脱，她不想去认识任何陌生的人和事物，可现在又让她不得不想起孟非子以及关于孟非子的故事来。

她不去想任何事情,转身就走,这是她一整天来第一次转身,哪怕她穿过车流如注的大街,穿过人潮如海的集市,穿过污水横流的菜场,穿过广场舞狂热的公园,她都不曾转过身。她是一个认死理的人,经常是撞了南墙也不回头。有一首歌叫《我被青春撞了一下腰》,蒹葭是真的被青春撞了一下腰,不痛不痒,却很闹心。

竹笋猪蹄汤,对,是竹笋猪蹄汤。她离开家的前一天,妈妈就是给她煨了一罐竹笋猪蹄汤,她清楚地记得那天她吃了八顿饭,一顿一碗竹笋猪蹄汤。更让她惊讶的是,如此挑食的自己居然连吃八顿同样的饭菜却一点都不厌烦,每一碗热腾腾的汤端到眼前,她都如同初品瑶池珍馐般兴奋、幸福。

她拖着伤痕累累的身体向前走出几步,又停了下来。饿了,确实饿了,身体也虚弱得不行了。她转过身,毫不客气地就像对妈妈一样地对老太太说:"我要喝一碗汤。"

两位老人不约而同地歪头看了一眼这个脸上和手臂上都是伤疤的年轻女人,有些惊愕,却又有些波澜不惊。她的伤疤似乎还在往外渗血。

她坚定地说:"竹笋猪蹄汤!"说着,她的眼睛盯着砂罐。

个子稍高一点的老太太面无表情地再次看了蒹葭一眼,抬起"三寸金莲"慢悠悠地起身回屋拿来一副碗筷和一个勺子。她没说话,揭开砂罐就盛了一碗汤端给了蒹葭,顺便将旁边多余的椅子踢了一把过去,示意蒹葭坐着吃。

蒹葭这时才感觉到自己是多么莽撞,这分明不是在家里,这里也分明没有妈妈,而自己多么像对妈妈说话一样地跟眼前的老人提出要求。她想,要是一般人,应该是会被吓着的,盈盈弱女,纤纤素手,怎么像个强盗似的不讲理?生命可贵可贱,但在饥饿面前人人都是乞丐或强盗吧!

蒹葭端过碗后才意识到自己的失态,要饭也能这么理直气壮,估计从古至今也只有蒹葭一人了。她看着老人,不好意思地笑了。

猛然,她又意识到自己的一无所有,顿时满脸尴尬,好半天才支支吾吾地说:"凌晨我在长途汽车上睡着了,行李和钱包都……"

高个子老太太说:"快吃吧!"语气跟妈妈一样柔和。

蒹葭的眼泪如同珍珠般大颗大颗滚落下来,它们推开竹笋猪蹄汤的油花,如同千军万马穿汤而过,瞬间沉入碗底,汤、泪浑然融为一体。

老人拍了拍她瘦弱的肩膀,说:"吃吧,孩子!谁都有难的时候,不够锅里还有。"说着,老人又坐下继续打着牌。

蒹葭早已饥肠辘辘。她小心翼翼地捧着那碗汤,盯着,看着,汤里幻化出妈妈微笑着静静地看着她的画面。她眨眼,妈妈也眨眼;她张嘴,妈妈也张嘴。等她再眨眼时,妈妈就不见了。她再次吹开油花,妈妈不见了,她自己巴掌大的脸灿烂如花。她满足于自己的容颜,腾出一只手来摸了摸还有伤疤的脸,皮肤细腻光滑,跟十三年前一样。记忆将她拉回到十三年前:

那天,她正在宿舍里倒开水,水瓶突然爆炸了,她来不及避开,结果手被烫伤,脸也被烫伤了。恰逢那个叫庄丰的男人来找她,他看到这一幕也是惊慌失措,在她的抽屉里一阵翻腾,却找出一包卫生巾。他也不知卫生巾为何物,以为是户外用的烫伤贴呢!于是,他撕了就往蒹葭脸上贴,疼得哇哇叫的蒹葭也没注意,贴好了感觉更疼,她照镜子时乐了,轻轻撕下卫生巾,轻轻抚摸着自己的脸,顿时感觉脸不疼了,满心欢喜。

那时候的他总是那样,不花钱,却总是能逗她乐,这让她看到了一个不一样的男人。尽管她感觉哪儿哪儿都不太妥帖,好像跟别人的恋爱相差甚远,可那时候的点点滴滴都是快乐的,即使痛苦也是快乐的,蒹葭硬是被这样的快乐吸引着不可救药地向前走,走入婚姻,走入痛苦,走入迷茫。

"凉了。"高个子老人轻声提醒蒹葭。

蒹葭从回忆中醒来,羞涩且感激地看了高个子老人一眼,轻轻地喝了一小口汤,那味道熟悉得让她窒息。她真的特别想念妈妈,但她不能回去,她不能让妈妈知道她的落魄和心酸。好女是一件衣,只送温暖不露体。她从小到大在妈妈面前都是只报喜不报忧,人到中年,她更不能让妈妈为她操心、伤心。

但是她确实想妈妈了。于是她吃着、哭着,哭着、吃着,想将这些年的委屈全部哭完,而后再全部咽下。只能自己咽,自己的路是自己选择的,怪不得别人。男怕入错行,女怕嫁错郎,当初不听老人言,今天只能泪涟涟。

这时,一个身材高挑、五官标准、衣着褴褛、蓬头垢面、全身散发着腐烂菜叶子般臭味的中年男人站在了蒹葭面前,他也是那么自然地说:"我也饿,我也要吃。"

还是那个瘦高个老太太,依旧面无表情地看了乞丐一眼,依旧抬起"三寸金莲"慢悠悠地起身进屋。没一会儿,她端着一碗饭出来,饭上还有一大团咸菜,好像是早就准备好的,或许是婆婆为她自己准备的晚餐,又或是这个乞丐和婆婆之间有着什么默契或者亲属关系。总之,这情形不像是陌生人之间的,更不像是第一次发生的。

老太太将碗递给乞丐后,像完成个什么任务似的抖了抖衣服,坐下来继续打牌。

乞丐端着碗,又看着蒹葭的碗,眼神游离又专注,神情从羡慕逐渐变成嫉妒。乞丐没说谢谢,便气呼呼地端着碗转身走了。也就几秒钟吧,只听砰的一声,蜂窝煤炉子上的砂罐破了,汤吱的一声淋到燃烧着的蜂窝煤上,然后腾起一米多高的烟浪,芬芳四溢,顿时好像整个空气都是竹笋猪蹄汤的味道,随便张口,便满口溢香。

两个老太太仿佛已经成仙,她们在烟浪中波澜不惊地继续打牌。只有蒹葭腾地站了起来,想破口大骂,却又不知道该如何骂。怎么骂?她愤怒地盯着乞丐。乞丐也不愿意跟她纠缠,端着碗玩世不恭地往后退着走,却意料之中地摔了一跤,手上的碗也意料之中地被摔出很远,滚出一个优美的弧形,没碎,食物却真真切切地撒了一地。让蒹葭惊讶的是,乞丐的米饭底下全是红烧肉。

乞丐倒是没有惊讶,司空见惯了似的盯着饭看了两眼,又挑衅地看了蒹葭一眼,骂骂咧咧、踢踢踏踏地走了。

晦气,真是晦气!蒹葭有着屋漏偏逢连夜雨般的无奈和愤慨。人倒霉了,连乞丐也欺负她,喝碗讨来的汤都不得安宁。

抱怨归抱怨,蒹葭心里还是觉得很对不起两位老人。她十分愧疚地搓着手站在老人面前,似有千言万语,又不知该如何开口。老人好像根本就不在意她是否开口,甚至也不指望她开口,因为这件事情跟她没关系。

蒹葭在心里一再告诉自己,这一碗汤要付钱,这一罐子汤也要付钱。

但是今天拿什么付呢？往常她出门是很讲究的，戒指、项链、耳环、手表、手镯，总会戴上几样，可这次出门，她是刻意一样也没有戴，行李和挎包是在她打盹的时候被人偷走的。等她醒来时，长途汽车上只有她一个人。她原本是想找司机理论的，又一想，理论不着，上车前车上广播反复提醒乘客要看好自己的行李，贵重物品随身携带。她也听见了，也确实是这样做的，可还是丢了。这怨不得别人，自认倒霉吧！

她不想去找任何人理论。她想在寻找青春的时候将这些坏的因子一个不落地扔在这南海之滨，然后整理好心情，迎接全新的、坚强的自己。

她已经很长时间都是这种事不关己，高高挂起的姿态了，丢了就丢了吧，还能落个清净。当然，她知道自己若想得到，只需一个电话便什么都解决了，但她这一生没有过身无分文的感受，她还不想提前结束这种体验。

确实清净了。一整天她都没能走出喧闹的人群，所见的、所闻的都跟自己没有任何关系，她感觉很清净。她的世界只要没有电话，就是安静的；只要离开家，就是安静的。她这次出来，其实就是想洗一洗自己的脑子和心。她记得不久前，在一个朋友处无意中遇到一个世外高人，说蒹葭有着王者之气，若善良，即成羊；若刚毅，即成王。说善良是美德，但对于蒹葭来说，凭善良很难立足,刚毅才是唯一的出路。善良是善良的座右铭,刚毅是刚毅的乾坤圈。一个女人按说无须争王争霸,但如若你所面临的问题不是用善良就能解决的,那就必须当断则断,刚劲果敢,或许才能活出一番滋味来。

加上后来发生的许多事情,确实砸得蒹葭晕头转向。于是,她决定走出去寻找答案。但去哪里呢?蒹葭想着,自己要重生,她想与过去划清界限,一切重新开始,那么她就应该出去走走,而最应该来的就是这个曾经给了她快乐和希望,又给了她错误开端的地方,她要将所有的烦恼还给这个地方。

临走的时候她习惯性地拿上了手机。可这下好了,身上所有东西都丢了,丢了就丢了吧,来个彻底的清净。

此刻,她再次摸了摸身上,身上没有一个口袋,自然也没有一个钢镚儿。她张了张口想解释什么,甚至是想允诺什么,可面对这样善良的老人,她感觉她说什么都是虚伪的,都是在给自己找借口,她现在唯一能做的就是记下这个地方,她一定要给老人一个补偿。尽管这个损失微不足道,可她还是感觉自己必须这样做,她也一定会这样做的。

2

她轻轻地放下碗,向老人深深地鞠了一躬,而后像那个乞丐一样低着头,默默地朝一边走去,眼泪却在转瞬间不由自主地奔流而下。

她像小时候一样,用袖子擦掉了眼泪,大踏步地向前走去,耳畔回响着两个字:"坚强!"

刚走出几步,身后便有人问:"你想去哪?"声音苍老而温暖。

蒹葭知道是那个高个子老人,她停住了。

"你住在哪?"

蒹葭摇了摇头,用很低沉的声音回答:"或许有地方吧,走走看。"

一个枯柴棒子似的古铜色的手拉住了她,说:"姑娘家身子金贵,经不起流浪。你还有伤在身,别走了,就住在这里吧。"

蒹葭哽咽了,说:"我没钱!一个子儿也没有。"

老人说:"我有你就有。"

蒹葭转过身,抱着老人瘦弱的肩膀号啕大哭,像是要将多少年的痛苦和委屈安放在这个遥远的小城的陌生老人这里。

老人拍着她的肩膀,哄婴儿般地说:"好孩子,不哭了,不哭了,身外之物留不住,心在就好,心在就好,人只要有一颗善良的心就什么都有了。"

老人的话又将蒹葭说笑了。只有蒹葭知道自己为什么哭,这年头,没有谁会因为丢了一点钱财而这般伤心的。但她又确实是因为钱财而伤心、绝望、走出来的。"身外之物留不住",是留不住,可自己遇到的问题真的只是身外之物那么简单吗?

那是一个下着大雪的大年三十的夜,蒹葭面朝遥远的母亲家的方向,深深地鞠了一躬,而后抹了一把眼泪,回头强颜欢笑地看着正不亦乐乎地打着牌的公公、婆婆、老公、儿子以及老公的姐姐一家。蒹葭系上围裙,一个人默默地到厨房忙碌一大家子的年夜饭去了。

她和大姑姐的关系不错,每年过年两家几乎都在一起。只要有蒹葭的地方,大姑姐就不愿干活。当然,她也不会干活。大姑姐生活优渥,她自己是大学教授,她老公是企业高管,工资不低,夫家在遥远的农村,很少有人到大姑姐家串门,公婆也从不进门,大姑姐的日子自然逍遥快活。"不会干活就不干呗,大不了脏乱一些;不会做饭就不做呗,大不了叫外卖;不会带孩子就不带呗,大不了让你妈帮忙或者送托儿所……"姐夫总是那么近人情、尽人意,对大姑姐的要求是"只要她愿意,咋样都行"。这就是懒人有懒福,蒹葭比不了。

在蒹葭看来,大姑姐除了懒一些以外,倒没多少心眼,和蒹葭一样,大大咧咧的一个人,为人正直,待人也很真诚。尽管她比蒹葭大六岁,可在一起时更多的还是蒹葭照顾她。蒹葭真心对待大姑姐,把她当亲姐姐一样,买什么都会给她也买一份;她有困难,蒹葭也是尽可能地帮助她,所以她们相处得还算融洽。当然,这种融洽是建立在蒹葭的善良和勤劳之上的。蒹葭不喜欢计较,尤其在干活上,人们常说"吃亏是福",妈妈也说"吃亏是福",于是蒹葭就常抱着阿Q心态相信"吃亏是福"。有时明知道这种所谓的福,总是被环境和家庭扼杀、欺负,但蒹葭还是在心里默默地自我安慰:相信只要自己把每一天都过好,未来就一定会好的,不为别的,就看在孩子的分上也必须过好。

蒹葭想,在他们碍手碍脚、装模作样地帮点小忙的工夫,自己早就独自忙完了。久而久之,婆家人也就习以为常了,什么活都成蒹葭一人的了,哪怕去大姑姐家做客也不例外。他们认为蒹葭喜欢干活,甚至觉得蒹葭若不干活就会死掉似的,他们把活都交给蒹葭干是为了让蒹葭活得更好。

蒹葭想着,既然是一家人,也就不计较那么多。生活原本就很简单,人的思想复杂了,生活就复杂了。干活又累不死人,他们不愿意干就不干吧!

蒹葭是这样想自己的,也是这样想他人的,可人心哪有蒹葭想的那么简单?

就在蒹葭像个陀螺一样忙碌着为一大家子准备年夜饭时,这个看似和睦的一家人却做了一件让蒹葭一辈子也不可能原谅的事情。

由男人主笔,男人的母亲牵头,写了一份证明,证明蒹葭正住着的房子是由男人父母赠送给男人个人的,不属于夫妻共同财产,证明人就是那个蒹葭认为还有点人情味、大大咧咧的大姑姐。而在此前不到一个月,蒹葭才帮大姑姐解决了正高职称问题。

蒹葭原本是没有那个能力帮她的,大姑姐已经有十六年的副高职称了,她也不想再进步,可蒹葭为她着急啊!因为大姑姐的学校已经末位淘汰了好几名副教授。蒹葭说:"现在大学招聘老师,最基本的要求都是博士及以上学历,你一个硕士,好不容易混到副教授了,再努力一把就安稳了。"大姑姐依旧跟平时一样大大咧咧,一副无所谓的样子,说:"我没那个能力,你有什么办法?"

蒹葭没有别的办法,她能想到的办法就是帮大姑姐写论文,帮她找关系甚至是帮她多发表论文,因为论文的数量也是大学教授职称考核的一部分。另一部分就是要有重大课题,省级的、国家级的都需要。蒹葭没有办法,只能将自己的课题转给她,让她能顺利地评上教授。

在大姑姐评职称的问题上,蒹葭可谓用心良苦。然而,她小看了大姑姐,大姑姐刚刚评上职称就将蒹葭忘到了脑后,居然能跟她的父母、兄弟同流合污,欺负这个善良而老实的弟媳妇,这种恨对于蒹葭来说可谓是恨入骨髓了。

更可气的是,直到若干年后蒹葭才知道这件事。且就在蒹葭知道这件事之前,她还帮大姑姐买了一套湖景别墅,大姑姐只掏了房款的零头,其余房款都是蒹葭出的。明面上说是借,一不见借条,二不见还钱,蒹葭也不计较。在此之前,包括那个除夕的晚上,蒹葭一直把他们当成最亲的人,倾其所有地招待他们吃喝玩乐,给他们买衣服、买首饰,带他们去旅游、养生,带他们去求医看病,帮他们以及他们的亲戚解决各种各样的问题。

可怜的蒹葭却不知道自己住的房子,自己天天都在努力挣钱还房贷的房子早已不属于她了。而这一家人在心安理得地享受着蒹葭给他们带来的一切的同时,却悄悄地转移着蒹葭为这个家挣下的本属于夫妻共同的财产。而这个事件的始作俑者和合谋者,一个是自己深爱着并始终信任着的男人庄丰,另一个就是那个蒹葭认为有知识、有文化、有正义感并且蒹葭对她有着大恩的大姑姐庄蝶。每每想起这些,蒹葭就气得全身颤抖,被人卖了还帮人数钱的耻辱让蒹葭愤恨无比。她的心很疼,疼得都不知道该如何哭。这些伤害是看不见、摸不着的,却像一面圆圆的镜子,在阳光下反射出刺眼的光圈,这个光圈又变着法地投射到蒹葭的身上和心上,让蒹葭感到眩晕、疼痛、窒息,并伴随有一定的灼伤感。

自那以后的连续几天,蒹葭独自坐在白塔山顶,望着万里云海发呆。每当这种时候,总有一只苍鹰凄厉地叫着,在她头顶上空盘旋,那份孤独和无奈将蒹葭的心掏空,那每一声的孤鸣都像蒹葭心底产生的深深的恨。万仞绝壁,挡不住鹰的翅膀,更挡不住蒹葭受骗后无限的哀怨和仇恨,这份恨跟钱财没有直接关系。

自那以后,蒹葭明白了一个道理:感情不能强求,你越是竭尽全力,越是无能为力,在一个薄情的世界再怎么深情也难以活出个模样来。这些不是蒹葭的错,但是蒹葭真的错了。这个错是每一个做母亲的人都容易犯的错,她们都想努力为孩子创造一个幸福、温暖、快乐的家,她们愿意为这个原本很简单的梦想付出十倍、百倍的努力,而女人的努力和善良,不知何时成了这类男人驾驭、要挟女人甚至为所欲为的砝码。于是,蒹葭这类女人就成了一盏盏在黑夜中苦苦支撑的孤灯,执着而混沌,不知道自己的明天在哪儿。

女人啊女人!

闺密乔乔对蒹葭说,女人花钱时在娘家,会挣钱时在婆家;小时候需要照顾时在娘家,会照顾别人时在婆家。娘家大公无私、无怨无悔地付出,出嫁时还要搭上嫁妆,将含辛茹苦养大的女儿送去婆家受苦,为他人生儿育女,为他人洗衣做饭,赡养别人的父母,为他人挣钱养家、添瓦置房,却终究难以感动婆家。

一语中的,女人到底欠谁的呢?蒹葭清泪两行地看着那个没有目标的前方。

3

那个乞丐站在不远处吼叫着:"我也没钱,一个子儿都没有!我也没地方住!"

蕖葭看了乞丐一眼,眼睛深邃、身材匀称、眉清目秀的一个小伙子,怎么会变成这样?难道又是一个有故事的人?

蕖葭突然不讨厌那个乞丐了,反而对他莫名地产生了怜悯之情。她微笑着看了乞丐一眼,满眼的忧伤。

老人拉着蕖葭回到屋子里,变戏法般地从阴暗狭窄的屋子里拿出一双绣有粗糙荷花和鸳鸯图案的拖鞋,并帮蕖葭换上,说:"你上阁楼休息去吧!一会儿我做好饭叫你。"

说着,老人蹒跚着走出了那扇黑洞洞的门,顺手将门关上了,那身板却是如此伟岸。

房子三十几平方米,从中间隔断,形成空间都不大的上下两层。屋子里塞得满满的,像是马上要搬家,又像是积累了一辈子生活用品的垃圾场。洗衣机还是很久以前的单筒式的,旁边还放着一个很小的烘干机。暖瓶是裹了一层草绳的,桌子上有一个老式的竹罩子,罩着剩饭剩菜。床倒有点讲究,是那种实木的两进垂帘床,雕龙画凤,刻着二十四孝图。脚踏是精致的香腰形,通体黑亮,踏面盖一块黑白不分的脚踏布,有点破坏风水。床上的被子是绸缎被面加粗布被里一起缝上的,里外都有补丁,看上去用了许多年了,被面红蓝相间的颜色清晰、干净清爽。床上还挂着厚重的麻布蚊帐,颜色暗黄。屋子里纸箱子、瓶瓶罐罐摆了不少,飘出丝丝缕缕腌菜的酸味。满地的鞋子,皮鞋、布鞋、绣花鞋,男人鞋、女人鞋、高跟鞋、低跟鞋、坡跟鞋、网球鞋、老婆鞋等一应俱全,都是穿过的。有陈旧的,也有破烂的,有许久没人动过的,也有磨得油光锃亮、一尘不染的。墙上老式相框里多为黑白照片,有一两张彩色照片也已经泛黄,蒹葭凑上去看了一眼,没一张认得的,就连眼前的老太太,在相框里也找不出差不多轮廓与其匹配的照片。但是有一点可以肯定,这个老太太家绝对不止她一个人,原来应该有很多人,现在只剩她一个人了吧。

突然,电话铃响了,蒹葭吓了一跳,有些恍惚:"谁能找我找到这里来?我能重要到这个地步吗?是学校的老师还是某个留校的同学?不可能吧?"早上一下车,蒹葭就听说学校已经被拆,跟外事学院合并了,并且搬离很远很远了。她早上下车后分明去了学校的,当年学校所在的地方已经盖起了高楼大厦,连那个给过她快乐,她自认为这辈子最忘不了的曾经在此数过星星的公园也都被拆了,变成了高档住宅小区。她像寻找亲人一般地迫不及待地进入小区,想寻找当年的蛛丝马迹。小区里色彩缤纷,各类植物听话地摆出人们喜爱的姿态,向每一个过往的行人献媚。她站在高楼之中,根本找不到当年校园的模样,哪一块是教室,哪一块是宿舍,哪一块是篮球场,哪一块是图书馆……

物是人非的环境突兀地出现在她面前,她站在林立的楼宇之间,渺小得如同蝼蚁一般。城市变了,学校变了,人心怎么可能不变呢?她好像突然明白了什么。但是她绝对没遇到熟人,也绝对没有人知道自己在这里。

蒹葭拿起电话,又迅速挂断了。

电话再次响起,蒹葭犹豫了三秒钟,万般无奈地接起电话:"谁?"

是个女人的声音,不算和蔼,也不算蛮横:"太婆,这个事情迟早都是要解决的,逃避是解决不了问题的……"

蒹葭这时才反应过来,这不是自己的家,这个电话也不是找自己的。她原本想叫高个子老太太接电话的,想着又不是啥好事,听那口气似乎是个闹心的事。这么大年纪的老太太还能活多久?能快乐一秒算一秒!她就自作主张地挂了电话。

蒹葭一句话没说,挂了电话后就顺着一个小木梯爬上了黑洞洞的阁楼。她不得不为自己的勇气点赞,她怎么就这么逆来顺受呢?万一这个老太太是人贩子呢?万一这个阁楼上有老鼠呢?万一这些都是阴谋呢?万一……没有万一,蒹葭不愿去想任何一个"万一"了。以往的小心翼翼无非是为了名、为了利、为了家,现在除了一身空皮囊,啥都没有了,还有什么"万一"可怕呢?她甚至在想,即使阁楼上面藏着一个杀人犯,一刀结果了她的性命,她也认了,或许这就是对她最大的解脱。

当然,这些"万一"都没有发生,没什么幸运的,也没什么不幸的,她很快就为自己突然有这些想法而感到莫名其妙。她已经没有害怕的权利了。

蒹葭走了一天,确实累了。她躺下来不久,正迷迷糊糊的时候,听到门外吵吵闹闹的——这个房子的墙砖实在太薄了,估计外面掉一个钢镚儿都能听见。

先是乞丐的声音:"我要跟哥哥在一起,我要跟哥哥睡觉觉。"吵着、闹着,还呜呜地哭了。

接下来是汽车到门口的声音,好像有几个人在跟老太太说话,其中有一个声音听上去挺熟悉的,蒹葭想起来了,就是刚才电话里那个女人的声音,还是那个腔调:"太婆,这拆迁是国家的政策,不是你一个人决定得了的。国家给的政策够好的了,你还有什么不满意的可以提出来,老这样不说话僵着也不是个事。你看人家鞠老太太就很聪明,再说你们这房子已是危楼,不拆也危险。你这叫不顾全大局,也影响城市形象不是?宽敞舒适的新房难道比不上你这个阴暗潮湿狭小的危房?"

那个瘦高个的老太太的声音响起:"国家政策很好,给我们的补偿也很多,只是我不能走,我走了他(她)就永远找不到我了。"

"哦!"蒹葭恍然大悟,原来老人家熬成一堆枯柴是为了在这里等一个人。等谁呢?她的男人?她的孩子?她的兄弟姐妹?

"太婆,跟你说了无数遍了,门口是不能摆摊的,这是影响市容的,怎么又摆上了?你家这个小小的屋子是不是啥都没装,就装了一屋子的菜篮子?"一个男人的声音。

外面听上去很杂乱,好像还有人打翻了桌子。

只听另一个个子矮一些的老太太,可能就是电话里的女人嘴里的鞠老太太吧,鞠老太太说:"年轻人啊,仓婆婆家的事情你们不是不知道,你收了她的菜篮子,她晚上还是会再编出菜篮子,明天照样摆在这里。她不摆些菜篮子在这里,她当家的怎么能知道这是他的家呢?"

还是电话里的那个女人:"天啊!仓婆婆,您都97岁了,现实一点好吗?您男人就算还活着,估计也回不到这里来了吧?"

仓婆婆的声音中带着喘息,好像急了,不知拿起棍子还是什么东西开始打人,声音里带着怒气:"我叫你诅咒我家俊熙,我叫你诅咒我家俊熙!"

来人尖叫着上车,车吱的一声开走了。

乞丐的声音:"好玩,好玩,对,打,打死她,谁叫他们动仓婆婆的篮子。"

接下来是仓婆婆沙哑的哭声,断断续续,好像上气不接下气的那种哭泣。鞠婆婆在一旁安慰着:"这些人拿着鸡毛当令箭,不懂事啊!一切都会过去的,一切都会好的。"

4

蒹葭披散着长发,光着脚丫子悄悄地下得楼来,走到仓婆婆身边,像只温顺的小猫般轻轻地依偎在仓婆婆身边。初夏的风从指尖徐徐拂过的那一瞬间,蒹葭感受到了刺骨的寒冷。

仓婆婆很自然地将蒹葭搂在怀里,好像她们原本就是母女。那一刻她们彻底融为一体,无声的取暖给她们带来山一般坚定的力量。

仓婆婆不哭了,将怀里的蒹葭搂得更紧了。

好安静啊!

缘来缘尽,一生只为一人而守候。这是每一个女子一辈子的梦想,正如蒹葭当初不顾一切地要嫁给他,她认为那就是她的归宿,为此付出多大的代价也无悔。蒹葭认为有了目标,她就是最富有的人,她支持仓婆婆的守候。

回想当初的自己,当有了人生的第一个目标的时候,这个小城南边的凤凰岭就像一个轻盈的少女,舞动着婀娜的身姿将她幸福的消息传播。那一夜,她轻轻偎依于山涧之中,舒展着柔美的腰肢,舞动着纤长的手臂,迎风起舞,沐浴着山神给她的祝福。

少女的憧憬是曼妙而天真的。美丽的梦啊,谁也不知魂归何处,但至少有梦就有希望。

然而,生活千变万化,哪是她一个小女子能左右得了的?

她用二十五年的努力,长成自己想要的模样,完美无瑕地将自己交给一个跟自己没有血缘关系的男人。最后呢?自己错过了青春,错过了美丽,错过了自由,错过了有情的万花筒般的世界,将自己的梦埋葬在一个没有目标的人生岔路口,从此如柳絮、如浮萍、如狂魔乱舞,再也找不到方向。

还是仓婆婆好啊,至少她还有梦,她还有方向——爱的方向。

蒹葭依旧披头散发,依旧赤着双脚,面无表情、漫无目的地在城市森林中游荡。她不甘心地东张西望,希望寻找出一点从前的记忆,好与不好已经不重要了,重要的是能找出一点当年在此生活过的痕迹和此行的目的。

原本很直的街道突然感觉歪歪扭扭的,不知走了多久,一面黑、白、黄不分明的三角旗帜突兀地出现在蒹葭眼前,油乎乎地在风中展示百年老店的风姿,上面写着"赖家面屋"。

蒹葭突然有着遇见老朋友似的亲切,尽管这个面屋从没给她留下过好的印象。

蒹葭笑了:"是不是只有不太美好的东西才会有生命力呢?"

说起"赖家面屋",蒹葭还真是有着一段不太美好的记忆。这家的面不辜负主人的姓,可真赖!

十三年前的初夏,蒹葭在学校操场邂逅了那个英俊的男生,之后两人就开始慢慢有了交往。男生第一次请蒹葭吃饭就是在"赖家面屋"。那时,沿街摆上几张油乎乎、脏兮兮的桌子就算开张了。一间不足十平方米的屋子简直太多功能了,擀面、和面、做面、煮面以及堆放杂物都在其中,这就是"赖家面屋"的全部。

当时吃面分大小碗,男生要了大碗,蒹葭要了小碗,大碗四元,小碗三元。蒹葭不爱吃面,尤其不喜欢在这种路边小摊上吃面。但出于矜持和修养,她也不便多说,客随主便嘛。蒹葭也就象征性地吃了几口,就那几口面给蒹葭留下了终生的回忆。

那天晚上,蒹葭一回到宿舍就开始上吐下泻,一晚上跑厕所十几次,直到差点一头栽倒在厕所才被同学发现,同学紧急送她去学校卫生所。医生一听症状,不用检查就知道是吃了不干净的东西而引起的食物中毒,于是给蒹葭输了液。三天后,蒹葭才恢复过来。

恢复过来的蒹葭第一个想到的还是那个请她吃饭的男生,他可是吃了一大碗啊,不知道情况咋样了。

缘来如此

电话打过去后才知道，男生健壮得像一头牛，刚从外面跑步回来！他说他经常去那家面屋吃面，想必已经百毒不侵了吧。

一般男女生谈对象，男生哪怕卖掉裤子也要在女生面前装面子，请女生吃好的、玩好的。这个男人却与众不同，如此这般在蒹葭面前表现，只有两种原因：一是不喜欢蒹葭，没把蒹葭当一回事；二是这个男人很真实，不虚伪。第一种可能应该不存在，从他的眼神、他的行为来看，他还是喜欢蒹葭的。那就只能是第二种，蒹葭认真地想，这样的男人很真实，比那些花言巧语、虚头巴脑的男人可信、可靠，也可爱多了。

以后再约会，都是蒹葭选择吃饭的地方，每次也都是蒹葭抢着买单。久而久之，男人也就习惯了，只负责吃就行了。

当时闺密乔乔为此很愤怒："一个男人舍不得给女人花钱，还谈什么恋爱啊？你到底图他什么呀？你是歪瓜裂枣还是手脚残疾嫁不出去啊？哪有你这么傻的？女人在恋爱中是公主，结婚后就不一样了，你现在都不知道享受恋爱生活，难道你就是个奴隶命吗？他现在都舍不得给你花钱，那他什么时候才肯为你花钱？这还是男人吗？别傻不拉叽地相信这种爱情了，他是在这里吃软饭呢！你还傻乎乎的。没见过你这样的，缺心眼！这种男人就算长成一朵花又能怎么样？难道你这一辈子就靠秀色可餐，吃空气过日子吗？"

乔乔的话句句在理,但蒹葭在心里打着自己的小算盘:我不花他的钱说明我高贵啊!不花他的钱,我懂事啊!书上不是说,女人自立自强,不伸手向男人要钱,男人就会把女人往死里爱吗?我不花他的钱是为了让他知道我是真心的,没有图他什么,他和他的家人这一辈子不得把我当宝贝捧在手心啊!

蒹葭信心满满地认为自己的做法是对的:反正我又不缺那两个钱,跟他计较什么?钱在他兜里,将来不还是我的吗?所以谁花钱不都是一样的吗?至于乔乔,你说你的,我继续做我的,我相信我的决定是对的。

在整个恋爱中,蒹葭愣是没再花过男人一分钱,男人也没主动为蒹葭花过一分钱。

每年情人节的时候,满宿舍的女生都收到鲜花了,只有蒹葭没有。男生说:"我才不希望你是我的情人,你是我的老婆,是我要娶回家的老婆。难道你希望我给你买束花,把你当情人吗?"

蒹葭明知道他是在找借口,也不去戳破他,点头说:"嗯,你说得对!咱们是要做夫妻的,只过夫妻节,不过情人节。"

可到了七月初七,中国传统的七夕节,满宿舍女生依旧都收到了鲜花。

男人又说:"牛郎织女结婚一年就天人永别,一年才见一次面,还要喜鹊搭桥才能见一次,那是悲剧啊!现在一些人也不知道怎么想的,这样的节日有什么可过的?宝贝,咱不去凑这个热闹,我要和你'大宝天天见'!"

蒹葭笑了笑,不去计较。

按说蒹葭过生日总应该买束花吧?

男人又说:"你要吗?你要我就去给你买一束。"或者故作不知地说:"哦,今天是你的生日啊!看我这记性,昨天晚上还记得要给你买束花的,今天急着见你就给忘了。"

蒹葭能说什么呢?他明摆着不想买,他要想买早就买来了,哪还需要问她或者找借口呢?若此刻蒹葭说"要",反而显得自己俗气了。

总而言之,男人总能为他的小气找到借口。蒹葭心里虽说不舒服,但也不去戳破他。确实是些不实际的东西,可有可无吧。他若真是一个懂得节省的人,倒也算是一个会过日子的人。

可"赖家面屋"的面还是给蒹葭留下了终生的回忆。恋爱期间,蒹葭经常路过这家面屋,每次路过,她还是会鬼使神差地探头进来看看,希望在面摊上能看见那个男生的身影。想起那个痛苦不堪的夜晚,她还经常感动得热泪盈眶,权当那些都是浪漫好了。

就像现在一样,明明是伤痛,看到这个面屋却还是伤感不起来,还是习惯性地探头进来看看,或许还能见到某个熟悉的身影。尽管她也不知道若真遇到那个曾经的身影,她会如何反应、如何面对、如何解决。

今天的"赖家面屋"没有以前那么"赖"了,至少它从街边搬进了屋子里。食客不多,却也有三三两两的人来来往往。

老板连忙招呼:"姑娘,要大碗还是小碗?"

大碗、小碗蒹葭都不敢再要了,她笑了笑,慌忙逃了出来。

她估摸着前面应该就是当年那个花园的位置。

十三年前的初夏,她在操场邂逅了那个男生以后,就将一颗少女心交给了他,只因为那个男人的一句话深深地打动了她:"我要陪你数星星、看月亮、等日出、看斜阳,直到天地混沌,月瞎日不明,我心永恒。"多么罗曼蒂克!丝毫不亚于当时满大街唱着的"海可枯石可烂、天可崩地可裂,我们肩并着肩、手牵着手……"。廉价而奢侈的承诺,从此骗取了一颗黄金般纯洁的少女心。

时隔十三年,还是这座城市,那句富有诗意、充满浪漫的话仿佛还在耳畔回响。高楼林立的城市里,霓虹灯闪烁的森林中,月亮消失了,星星没有了,低头穿行在车流人海中,行色匆匆,那个男人早已忘却了曾经的誓言。那个男人已经消失在混沌的天地间,留下千疮百孔的少妇漫无目的地寻找那颗遗失的少女心。

蒹葭看见一对夫妻在打架,男人猛兽般地狂吼,雨点般的拳头落在女人身上,女人歇斯底里、地动山摇地哭泣……

原本应该落凤凰的梧桐树上,一只乌鸦哀伤且凄厉地鸣叫着,看着夜幕将他们赤裸裸地侵袭。

无情的世事,这个多情的女人苦难地背着自己的梦想独自前行。

那一刻,蒹葭思潮起伏,看看眼前哀号的女人,再想想自己,长叹一声。

5

97岁的仓婆婆在等一个人,等的也是男人,那个男人叫俊熙。

俊熙又是一个什么样的男人呢?是否值得仓婆婆为他而守候?

那个女人说得对啊,全中国能活这么高寿的人也不多,仓婆婆的男人即使还活着,也只怕是有心却无力回到这个地方了。

他当初为什么会离开呢?是因为疾病或者灾荒走散了,还是因为吵架分开了?抑或是男人朝三暮四有了新欢?

自古红颜多薄命,恹恹无语对东风。为什么痴情的总是女人?

俊熙到底是一个什么样的男人,值得一个女人这般为他守候?

可谁又在为女人守候呢?

爱情到底是个什么东西呢？

人人都在寻找，都在等候，都在受伤，都在期盼……

蒹葭想，现在还有真正的爱情吗？人世间美好的爱情只怕也只有仓婆婆她们才能体会到。

蒹葭又想到，自己已经出来三天了，可能自己死在外面都不会有人牵挂她、寻找她吧。当然，她这里的"有人"，指的是她的公婆和那个给她留下一句刻骨铭心的誓言却又从不兑现的男人。

蒹葭想，那个男人和他的家人此刻在干什么呢？他们是在为蒹葭的消失而狂欢吗？共同生活了十三年，虽说蒹葭为这个家付出了巨大代价，但最终心还是不在一起，他们对蒹葭的态度远不如对钱好。倘若人人拜金，传统美德、家庭责任逐渐被金钱所取代，人与人之间还有爱吗？

世界以痛吻我，我却报之以歌。蒹葭一直相信：我用真心照明月，黑洞苍天自有窗。

她辛勤，她奋力，她一丝不苟地用心勾勒着自己的人生，如同对待她的鱼骨画作品一般，严谨得纹丝不乱，她在努力朝着自己想要的模样努力，可她忽略了一件事：女人一旦沦为家庭的赚钱工具，就很难被那个家里的人重视了。

有时候，人们之所以哭泣，并不是因为软弱，而是因为他们坚强得太久。漫长的一段时间以来，蒹葭特别爱哭，她为自己的事哭,也为闺密乔乔的事哭,为母亲的事哭,也为不相干的人的事哭。哭一次清醒一次,哭一次就卸下一些包袱,哭过了就更坚强了。

她知道,每个人的心里都有一个禁区,自己走不出来,别人也闯不进去。

蒹葭看着满头银发的仓婆婆哼着只有她自己能听懂的小曲,不知苦乐地张罗着不算丰盛的晚餐,那一刻她感觉到无比凄凉。蒹葭又想哭了,这次的哭跟仓婆婆哼着的小曲一样,很酸,却不知是苦是乐。

许多人为爱而活,哪怕是爱的幻想、爱的希望、爱的守候,有爱就不会迷茫。

而自己的爱呢?想到这里,蒹葭又哭了。

她知道这个世界上有三个人会挂念自己,这三个人是母亲、儿子和"他"。这个"他"不是她的老公,也不是她曾经的男朋友,更不是她的什么亲人,而是跟她没有任何血缘关系,甚至是没有任何关系的一个男人。他爱她,又不爱她,因为他爱的不是蒹葭,而是另一个"她"。这个事好绕,最后真绕到天边去了,但还是跟蒹葭没关系。

她为他的真情深深地感动着,也为此流过泪,她也想就那样糊里糊涂地过着,糊里糊涂地享受着,怎么过都是一辈子。她也羡慕嫉妒过"她",为什么同样是女人,差距却那么大呢?蒹葭寻寻觅觅,一辈子都在寻找真情,可真情总是和她无缘,最后有缘的还是借别人的真情。

蒹葭想,我的爱就是他了吗?

6

孟非子有着孟子的血统,也有着孟子的风度,不高不矮、不胖不瘦、不徐不疾、不卑不亢,文文静静、风流蕴藉、敏捷利索,举手投足间无不显示出他儒家先祖的风采。

孟非子爱好收藏,在国内书画收藏界家喻户晓,他本人的爱好很匹配他的修养和形象。尽管有人说,孟非子在家里跺跺脚,书画收藏界就要抖三抖,但孟非子一次都没跺过脚,书画收藏界也依旧你来我往、车水马龙、百卉千葩、松茂竹苞。孟非子在业界口碑很好,人缘极佳,人人都以认识孟非子为荣。拿不准的字画只要让孟非子过过眼,没有一个人会不服气说"不"字的。若是新人,无论是收藏家还是艺术家,他们都将得到孟非子的赏识视为业界的最高荣誉,可见他在业界的威望和水平。

在一次名画品鉴会上,孟非子遇见了著名作家阿奔。阿奔个子不高,其貌不扬,也是一个不卑不亢、不依不附、两袖清风的君子。他看过画展以后,略带遗憾地说:"这些画很好,可是就差一幅点睛之作来撑场子。"

孟非子哭笑不得地看着阿奔,说:"您到底懂不懂画,老兄?您可睁大眼睛瞧好了,这里面可都是国内外名家的上乘之作啊,还撑不住场子?!"

阿奔说话直接,在孟非子面前也不绕弯子,直接说:"您见过骨画吗?"

孟非子点点头:"我见过鹰骨画,也见过一些用狮子、老虎等大型动物或者鸟类的骨头做的画,是很特别的。"

阿奔说:"您见过鱼骨画吗?"

孟非子:"我见过鱼皮衣、鱼皮画,那是用不同鱼的皮、不同的花纹拼接起来的画。难度很大,会欣赏的人不多。怎么,您认为这些小众画比我这里的画还精彩?价值还高?"

阿奔说:"我说的是鱼骨画。此画的作者没有您这些画的作者有名,价钱也不一定比您这些画高,但价值不一样。"

孟非子犹豫了一下,说:"鱼骨画?"

阿奔说:"我认识一位鱼骨画画家,她不是传承人,而是独创者,年龄不大,三十出头,她的鱼骨画比工笔画细腻,比水墨画劲道,无论是手感还是观感都很让人惊叹,那可是足以让你我开阔视野的唯美艺术。"

孟非子犹豫了三秒,颔首道:"我也算是见多识广的人了,真不知道世间还有如此艺术,且是自创的,属于小众化艺术。画家既然才三十出头,又是自成一体,想必也劲道不到哪里去吧!仁兄无非是觉得新鲜,毕竟物以稀为贵嘛!"

阿奔毫不客气地说:"您若真是艺术真人,就应该海纳百川。自创艺术也是艺术,能被我认可,自有它独到之处。"

孟非子见阿奔如此直言不讳,且执着地夸赞,想必这个在文学界一直被人尊敬的大家不至于在这里替谁做广告,顿时有了浓厚的兴趣,说:"那就一定要拜访一下了。"

阿奔让孟非子记下一个电话号码:"有时间您还是自己约见吧!别人介绍容易误导,只有亲眼所见才能识得庐山真面目。"

当孟非子听见从阿奔嘴里出来的"蒹葭"二字时,犹豫了。

"怎么又是蒹葭?"

阿奔说:"您认识她?"

孟非子说:"不认识,但听华远教授提起过她,说此人不好打交道。"

阿奔笑了:"华远教授都跟她打过交道?华远教授可是世界级文化名人啊,要是蒹葭的作品能得到华远教授的肯定,那蒹葭不愁在国内大红大紫了,为什么还不好打交道呢?"

孟非子说:"华远教授也不知道是听谁说起蒹葭,于是就让他的助理想办法联系上她。华远教授的助理明确提出可以帮助蒹葭,却遭到蒹葭的拒绝,并将其轰出了门。教授不计前嫌,主动跟蒹葭联系过一次,蒹葭却莫名其妙地说让教授先教会他的助理说话,至于合作什么的就免了。后来听华远教授在两个不同的场合都说到过蒹葭,他认为蒹葭这个人性子烈,一身傲骨,不好打交道。"

孟非子接着说:"我本以为蒹葭是一个老艺术家才如此孤傲,早就应该想到是不知道天高地厚的轻狂年轻人。我当时还感到奇怪,不就是一个名不见经传的小画家吗,有什么可傲气的?国内外大师多的是,在艺术上得不到大家的认可,一辈子都默默无闻的大有人在。这个小丫头不知天高地厚地将人人都渴望傍上的华远教授拒之门外,真不知她是怎么想的!今天我才知道蒹葭是个鱼骨画画家,但不知道这个鱼骨画和其他画有什么区别,居然惊动了您和华远教授两位大名人。"

阿奔哈哈大笑:"我认识蒹葭也很偶然。蒹葭曾经在我校就读研究生,其间,她的一幅鱼骨画在学校参展时我见过,那叫一个唯美啊!当时参展的作品是《蝶恋花》,画中一只大花猫嘴里衔着一株雪白的玉兰花飞奔着俯冲下来,几只蝴蝶点缀着画面,其中一只蝴蝶即将落在猫的左耳上,猫一边奔跑,一边用左前爪挠,那画面生动有趣。起先我没想到这是画,还以为真有一只猫闯了进来。直到我走到画的跟前都以为是真的,我怕我伸出手来猫会挠我,而且当时我闻见了玉兰花香。那是我第一次见到蒹葭的作品,于是也就顺理成章地认识了蒹葭。认识后才知道她是个艺术天才,心灵手巧。我们在校园操场旁边聊天,她随手拔了几根狗尾巴草,我都没怎么注意,这些草一会儿就在她手里变成了一束大小不一、排序精巧的青绿色的绒线花。她绝对是个人才,你不服不行。我在许多地方都给蒹葭做广告,我欣赏她的每一幅作品。她的作品惟妙惟肖,精美异常,也许这是很多画家都能做到的,但她的作品的过人之处在于作品自己会说话,会向你传递不同的信息。当你心情好的时候看她的作品,会感觉自己很浮躁,画本身的一丝不苟中透露着沉稳。当你心情不好的时候看她的作品,又分明觉得是富有哲理的心灵鸡汤,越看越有趣。有生命的艺术品一定是会说话的。蒹葭的作品会说话,这就是我欣赏和推荐她的原因。"

孟非子说:"嗯!这句话很在行。"

阿奔继续说:"一年前,有一个张姓小伙子不知道通过什么渠道找到我,说他和我都是民进党,希望我能介绍他认识蒹葭,他找蒹葭有重要的事情。我看在我们都是民进党的分上就带他去了蒹葭处。张姓小伙子说话张扬,对着蒹葭的画这里摸摸,那里动动,蒹葭本来就不高兴,要知道打乱一根鱼骨,蒹葭就得花好多时间才能修复好。因为她作画精益求精,完美到无可挑剔。你想,猫、狗的绒毛及一些鸟的羽毛可比人的发丝还要纤细的,蒹葭硬是将一根根原本就很小的鱼刺用鱼肠刀将其劈成几瓣,根据动物羽毛的形状拉丝、拉卷、上色,再一根根摆出它们的形状来,那可不是一般地费工夫,就算凌乱,也凌乱出它独有的万种风情。张姓小伙这里摸摸,那里动动,我都能想象出蒹葭的那种不耐烦,当时碍于我的面子,蒹葭没吭气。小伙子又说,她这是私人小作坊,成不了气候,若跟他合作,保证瞬间走出国门,红遍世界。他还背着我对蒹葭说,以后他们可以单独联系合作的事,不要让我知道。蒹葭当时就变脸了,人说过河拆桥,他现在河都还没过就要拆桥,你想能是什么好人?蒹葭自然不高兴,就请他出去,他还不知道为什么。蒹葭说:'再不出去我就要轰你出去了。'小伙子还说:'有话好好说嘛,需要资金你只管开口。'后来蒹葭就当着我的面把他轰出去了。小伙子到了门外还很张扬,说蒹葭会后悔的,他要告诉华远教授,蒹葭一辈子都别想出名了什么的。"

阿奔笑了笑,说:"事情的经过就是这样。当时我只听他说了一句华远教授,但不知道他跟华远教授是什么关系。"

孟非子听得津津有味,笑着说:"这个女人有个性,那我就更不敢冒昧打扰了,万一把我也轰出来了怎么办?"

两人的说说笑笑到此为止。事后,孟非子还是给蒹葭打过一次电话,客套了一番,说有空去拜访,就再也没有联系了。

再以后,蒹葭的一幅《鱼骨玲珑狗》的作品想参加国际艺品大赛,这幅作品是蒹葭花了三年时间才完成的。在一片雪绒花丛中,一只超萌的雪白狗狗摔倒在地上,嘴里还叼着一条金色的鱼。狗狗有着几分得意,也有着几分无辜地看着画面之外。整个画面素雅清丽,无论是狗还是鱼,抑或是雪绒花,远看近看都栩栩如生,用手一摸,仿佛还能感受到狗和鱼的心跳。有人出价一千万购画,蒹葭都没舍得出手,蒹葭的男人曾经想把画偷出去卖掉,是蒹葭用生命把它保护下来的,为此她付出血的代价也在所不惜。因为她太爱这幅作品了。

蒹葭的闺密乔乔建议她拿这幅作品参赛,认为肯定会夺冠,因为这幅作品已得到大艺术家余天成的肯定。乔乔说:"许多大家之所以一夜成名,也都跟获奖有关。"所以乔乔让蒹葭一定要去试试。

蒹葭只会埋头创作,对于参赛的流程以及其中的门道一窍不通。

乔乔就说她认识一个人,是艺术界的大哥大孟非子,他还是这次大赛的评委之一,让蒹葭不妨见一见。

蒹葭想起孟非子不久前给她打过电话,从声音里判断,此人应该是很儒雅、很有修养的,是可以见一见的,能帮上忙最好,帮不上忙至少他会告诉蒹葭申报的渠道和流程吧!

蒹葭知道乔乔是有些本事的,但一个开婚纱影楼的怎么会认识搞收藏的呢?真是奇怪了。

蒹葭笑着说:"我这个搞艺术的都无缘认识孟非子,你是怎么认识孟非子的?"

乔乔笑了笑,说:"说来话长,这个人很奇葩。两年前,他跑到我的店里要拍婚纱照。我问他新娘子呢?他说:'这个你不用管,你只要按拍婚纱照的程序拍好就行,把新娘子的位置留出来,以后自然会有新娘子的。'我们全店的人都认为他是想媳妇想疯了,在网上一查,才知道他还是一个大人物。后来他再来,大家就对他热情多了。大家经常在电视或者报纸上看到他,自然就熟悉了起来。当时他拍的是我们店最贵的88888系列婚纱照。尽管他拍照时表现得很高兴,但我看出他还是有心事的。客人不说,我也不便问,这年头谁没有故事呢?尤其是他们这样的文化名人。没有新娘的婚纱照他挑选得很认真,一遍一遍地跑,选了又不放心,又咨询我和其他员工,反复挑选。他真是一个好脾气、有耐心、平易近人的人,对谁都客客气气的,永远轻声细语地征求别人的意见。直到现在那套照片还在我店里放着,还没取走呢。他是个好人,我相信他肯定会帮忙的。"

蒹葭一边听着,一边笑着欣赏乔乔一张一合的小嘴、白皙的瓜子脸,真是让人百看不厌。多么精致的女人啊!蒹葭甚至在想,自己若是个男人,一定会娶了乔乔的,或者乔乔若是个男人,她一定会嫁给乔乔,她们俩一起生活,应该一辈子都不会感到枯燥和厌烦。

乔乔和蒹葭既是同龄人又是同学,蒹葭比乔乔大三个月。乔乔时尚,身材匀称,波浪卷发及腰,口齿伶俐,干脆利落,是个很精明能干的姑娘。她总是像个大姐一样热心、贴心。蒹葭想,幸亏有乔乔在她身边,否则她孤独地在这个遥远而陌生的北方,头顶着一片永远也不属于自己的天空生活,有什么意思呢?

乔乔大学毕业后就迫不及待地结婚了,结婚的对象是与她相恋七年的高中同学。两人青梅竹马,情投意合。他们经历了大学四年异地恋的考验,毕业后结婚也是意料之中的事。乔乔的男人的母亲不在了,据说他母亲是在生他的时候难产去世的,是他父亲和他姐姐将他一手拉扯大的。

穷人的孩子早当家,有志气,也有些本事,他跟着别人贩卖烟草,赚了不少钱。结婚后,乔乔就成了令蒹葭她们羡慕的衣食无忧的幸福的小主妇。可是没多久两人就离婚了,男人染上了赌博的恶习,将原本打算给乔乔和乔乔肚子里的孩子买别墅的钱输光了。男人又急于翻盘,被一个玩资本运营的女人玩弄于股掌之中,最后玩到女人的怀里去了。

没有钱可以赚,没有房子可以租,好赌也是可以戒掉的,但出轨是绝对不能容忍的。于是乔乔执意要离婚。当她带着襁褓中的儿子来看望蒹葭时,蒹葭毅然劝说乔乔留在北京发展,不要回到那片伤心之地了。这样,她们俩相互还有个照应。

经过一段时间的调整,乔乔重新振作起来了。北京消费水平高,仅靠一份工作养不活自己和孩子,更别说买房、请保姆了。朝九晚五地上班,甚至还要经常加班,也不便于她带孩子。别无选择,乔乔只能选择经商。她先在秀水街卖化妆品、服装、箱包,生意逐渐红火,慢慢发展到有了品牌连锁店,最后又有了婚纱影楼和珠宝首饰店。在北京打拼十几年,乔乔虽算不上富豪,但至少是个中产阶层吧。谁知道这时她男人又找来了,乔乔竟然又接纳了这个男人,日子又开始闹心了。这些都是后话。

按说乔乔干的这些事跟书画艺术品是扯不上关系的,鬼知道她怎么又都扯上关系了,而且还真的如她所说,她与孟非子的关系还不错,是一约就能见的主。

见蒹葭同意,乔乔当着蒹葭的面给孟非子打了电话,并很快约定当天晚上七点在影楼附近的一个茶楼与孟非子见面。

蒹葭是一个特别守时的人,她跟人约会从没迟到过,就是和老公谈恋爱时也不例外。有时她在想,女人是要有点清高和矜持的,女人迟到似乎天经地义。会不会因为自己从没迟过到,所以给人一种轻浮的感觉？尤其是谈恋爱期间，男人还以为自己急着出嫁呢。所以结婚后老公一再轻视自己、冒犯自己、欺负自己，甚至从不在乎自己。但蒹葭就是改不了这个习惯，一如既往地守时。

这天和孟非子见面却迟到了半个小时，迟到的原因不在蒹葭，而在乔乔。乔乔身材高挑，生活精致，出席任何场合都很讲究，试过的衣服就堆了一床。烫头、化妆，忙完赶到茶楼时，已经晚了半个小时。

孟非子也是一个非常守时的人，他在茶楼无聊，就用手机在网上查找蒹葭的信息，等了足足半个小时。想起华远教授说的蒹葭很傲慢，他感觉这样的女人应该不好打交道，有点名气就摆谱。现在是你蒹葭求人都这般无理，即便你是再大的艺术家，人没做好，艺术品也好不到哪里去，这都晚了半小时还不见人，甚至连个电话都没有。孟非子也是有身份的人，一般都是艺术家们等他，哪像今天这样？孟非子感觉很不爽，决定不再等了，起身准备离去。

就在蒹葭和乔乔像两只蝴蝶般飞上楼时，一个风度翩翩、高矮胖瘦适中的中年男人正准备下楼。男人披着长款风衣，两手插在衣兜里，举手投足间都能体现出他生活的优越。

楼梯上，蒹葭和乔乔很优雅地低头看着台阶，蒹葭提着长裙，乔乔提着阔腿长裤，两人不约而同地迈着小步，一步一步数台阶似的向前走。蒹葭披肩长发，妩媚动人；乔乔大波浪卷发飘逸，俏丽可人。不经意间，一对幸福而优越感十足的小妇人出现在这个小小的空间里。

孟非子眼前一亮，但他还是决定离开。尽管他已经知道了眼前的两位美妇人就是他等待的两个女人，因为他认识其中那个漂亮的女老板乔乔。

从转角楼梯上来，走到转弯处，蒹葭习惯性地朝上看了一眼，她也看见了孟非子，因为不认识他，也没在意，人来人往很正常。

而就这一眼，孟非子惊呆了，他愣了几秒。就在蒹葭即将走近他时，他不由自主地潇洒一耸肩膀，甩掉风衣，快速，不，迅速大踏步跨下两级台阶，用"扑"字更准确一些，他扑向蒹葭，一把将蒹葭紧紧地抱在怀里，全身颤抖着，语无伦次地说："是你吗？你总算出现了。"说着，他哽咽起来。

蒹葭蒙了，乔乔也蒙了，周围的人更蒙了。一个陌生人在华灯初上的夜晚突然抱着你号啕大哭是一个什么样的景象？蒹葭吓得全身颤抖，不知所以，脑子里飞快地思考：难道是自己今天妆容不对，把他吓着了？乔乔这个死东西怎么不告诉我呢？

乔乔也吓得够呛，连忙上前去拉："孟老师，孟老师，您这是怎么了？"

好一会儿,乔乔才将孟非子与蒹葭分开。

蒹葭一脸怒气,原本想转身就走,却见孟非子哭得上气不接下气,虽说被拉开了,但他还死死地拉着她的胳膊,生怕蒹葭跑掉了一般。蒹葭脑子飞转:到底是啥时候见过这个人,或者自己跟这个人有过什么过节,抑或是他是曾经追求过她的粉丝,还是她欠过这个人的账或者曾经帮助过这个人。蒹葭没想出个所以然来。男儿泪,比金贵,能如此这般抱着她号啕大哭,这非一般的关系和情缘啊!她纠结着,看情形不弄个明白还真的不能走。

据乔乔之前的介绍,孟非子绝对不是一个冒冒失失的人,相反,他是一个许多女人心中完美的男人,很沉稳,很有魅力。从乔乔的言行中蒹葭也能感受到,乔乔不只是一点点喜欢孟非子,孟非子和乔乔那个成天惹是生非的男人比起来,简直一个是天神,一个是魔鬼。既然这样,孟非子今天的行为绝不是耍流氓,应该事出有因。

乔乔和蒹葭拉着孟非子回到座位上,过了好久,孟非子才平静下来,说话却没有了往日的斯文。

孟非子看着蒹葭说:"你确定你叫蒹葭?"

乔乔莫名其妙地看着蒹葭,蒹葭也莫名其妙地看着乔乔:多好笑啊,这叫了几十年的名字还会有错?

蒹葭哭笑不得地点了点头,又摇了摇头。

孟非子说:"你是南宁人?"

蒹葭不知所以地点点头。

孟非子又说:"你家住在江北大道中兴桥附近?"

他这样唐突且直接的问话让蒹葭心里有些发毛,不知道他要干什么。明明是第一次见面,他怎么对她如此了解?连自己的祖籍在哪里都知道。蒹葭不想再回答,因为这真的很可怕。

孟非子不自觉地提高了声音,再次咄咄逼人地问:"你家是不是住在江北大道中兴桥附近?"

蒹葭有一种被绑架后遭恐吓般的难受,她真的坐不住了。这谈不上是一种羞辱,但是这样的对话让人很不自在,不自在到蒹葭都开始怀疑自己到底是不是叫蒹葭了。孟非子的第一句问话让蒹葭坚信孟非子是认错人了,她可是跟孟非子所认识的某个已经联系不上的人相像而已。但后面的问话分明是准确无误地冲着她来的,这到底是为什么呢?她真的是第一次见这个人。

乔乔看到局面已经僵到化不开的地步,她想,先是抱着哭,再问下去是不是要抱着打了呢?今天到底还会发生什么事,她不知道,但她知道今天这个氛围不对,再这样下去,这个局面她将难以预料,更难以控制。

于是,她接过话,故作轻松地说:"你怎么什么都知道?"

孟非子不接乔乔的话,整个过程他的眼神都没离开过蒹葭,好像他的眼神一离开,蒹葭就会瞬间消失一般。

他继续盯着蒹葭问:"你是钦州大学毕业的?"

乔乔的头如同蒹葭一样快炸掉了,也理不出个所以然。昔日温柔儒雅的孟非子今天像变了个人一样,这到底是为什么?乔乔歉意地看了蒹葭一眼,想着蒹葭此刻在心里指不定怎么恨自己呢。刚才还将孟非子说得人间少有、天上难觅的,好像是乔乔处心积虑要欺骗蒹葭似的。

蒹葭是我在北京最亲近的朋友,我欺骗蒹葭干吗?乔乔想着,便狠狠地瞪了孟非子一眼。今天的丢人和不配合都是孟非子造成的,是他让乔乔在闺密面前如此难看。

乔乔想,这样的对话绝对不能再继续下去了。

乔乔说:"蒹葭是我大学时睡上下铺的姐妹,我们俩是一个学校毕业的。你知道我是哪个学校毕业的,不就知道她是哪个学校毕业的吗?但人家蒹葭比我学得好,不仅上了大学,还自学了一门好手艺。上学的时候,有一次她从食堂买了一条鱼,吃完饭无意中将吃剩的鱼骨头拼成一幅画,涂上颜色,如梦如幻,美妙极了。我们感觉很奇妙,很漂亮,那幅画硬被同宿舍另一位新疆同学收藏了。蒹葭也感觉很有趣,答应给宿舍每个人送一幅鱼骨画作纪念,没想到从此一发不可收拾,她便独创了鱼骨画。我们今天来……"

缘来如此 053

蒹葭拍了乔乔一下,示意她不要再说,因为孟非子根本没有在听,而是一直目不斜视地看着蒹葭,看得蒹葭既心虚又恼火。

蒹葭站了起来,准备离去。

孟非子也站了起来,再次紧紧地抱着蒹葭哭了起来。

乔乔尴尬极了,也气急了,连拉带拽将孟非子的手硬生生地掰开,生气地看着孟非子:"你今天怎么回事?没见过美女吗?你好歹也是在艺术界混的人,没见过世面啊!做人都是有底线的,我们不是混子,你也别在这里耍流氓,否则我报警了。"说着,便掏出手机假装威胁地看着孟非子。

孟非子依旧没有理睬乔乔,只是用祈求的眼神看着蒹葭,有气无力地说:"别走,求求你别走,请听我把话说完行吗?求你了。"

乔乔尴尬地看着蒹葭,又看看孟非子。她知道蒹葭绝非顶尖美女,而孟非子也绝非流氓。在所谓的圈子里混的,什么样的美女没见过?就一个蒹葭还不至于让孟非子这般失去理智。

但乔乔又确实感觉孟非子今天表现得太不好了,将她心中那个完美的形象搅得支离破碎。更重要的是,她向蒹葭认真地介绍了孟非子,说的全是溢美之词,乔乔甚至毫不隐讳地说:"我若能走出婚姻,再嫁人就要嫁像孟非子一样的男人。"言下之意是,若孟非子有意,乔乔恨不得立刻以身相许,缘定三生。当时蒹葭还笑着说:"下定决心,不怕牺牲,排除万难,争取胜利!"

可孟非子今天这样的表现分明是在打乔乔的脸。

乔乔心乱如麻,淑女形象荡然无存。她拉着蒹葭坐下,气呼呼地说:"你说,你想说啥?你今天有些失态你知道不?幸亏是我在这里,我认识你,否则一定会报警把你抓起来的,你这是骚扰行为。"

蒹葭这时候对孟非子也非常好奇,想知道到底发生了什么事情。不知道的人还以为是这对老夫少妻吵架闹离婚呢!

孟非子过了好一会儿才平静下来,梦幻般地讲了一个凄美哀怨的故事。这个故事跟蒹葭没有丝毫的关系,却又莫名其妙地把蒹葭搅了进去。

7

20世纪80年代中期,孟非子还是人民大学四年级的一名学生,当时他的老师去钦州大学做学术交流,将孟非子也带了去。会议上,有一个脸庞清丽、身材高挑、长发飘飘的女生引起了孟非子的注意。该女生和其他女生一样,应该是学校临时调来帮忙做服务工作的。女孩温文尔雅,做事干脆利落,讲话吐字清晰,还写得一手好字。

会议休息期间,孟非子和女孩交流起民族文化,两人相谈甚欢。一周的考察和学习下来,孟非子跟这个女生彼此产生好感,临走时两人都心照不宣地留下各自的联系方式。这是那个年代最传统也最普遍的一种男女交往方式。

女孩名叫崔冰,人如其名,冰清玉洁。孟非子在回学校的路上就迫不及待地给女孩写了一封信,一到北京就寄出了。

再以后他们便雷打不动地一天一封信,几乎是孟非子寄信的同时就会收到对方的一封回信。两人已经在信里许定终身,一个非她不娶,一个非他不嫁,只等毕业后喜结良缘。

这样的书信交往了半年。有一天,崔冰来信,说下周母亲要到中央财经学院进行为期一周的学习,她争取跟母亲一起去北京,希望能见上一面。崔冰的母亲是广西财经学院的教授。

当时孟非子已经毕业,被分配到北京南郊的一家造纸厂工作。

孟非子收到信后欣喜若狂。崔冰没告诉孟非子具体的行程和日期,孟非子更不知道她是否能争取和母亲一起来北京的机会。孟非子刚参加工作不久,还在试用期,请假也不是一件容易的事。

孟非子根据崔冰信件的时间推断,若崔冰真的和她母亲来北京,那应该已经到了。他等不及了,从领导办公室门缝偷偷塞进去一张请假条就跑了。

在偌大的中央财经学院找一个外来人如同大海捞针。她们哪一天能到?住在哪里?参加的是哪一个学习班?她的教授母亲叫什么名字?崔冰真的跟母亲来北京了?他一概不知。他像一只无头苍蝇一样在学校里外转悠,甚至问遍了学校周围的大小旅店,没有人知道崔冰是谁。他也想到了,即使住店肯定也是登记她母亲的名字,因为是公派学习,打听崔冰自然是问不出结果的。

孟非子就像个疯子一样在学校里外乱窜,希望能碰见崔冰,可这样的寻找只能是徒劳。

就这样过了五天,孟非子还是找不到任何头绪。他认为这一次可能就这么遗憾地错过与她见面的机会了。他甚至在想,崔冰这次没能跟母亲一起来最好,因为没见到他,他也不希望她见到其他人,只当是自己一厢情愿好了,没来就没有遗憾。他虽说无限渴望见到她,可当他自我安慰似的想着崔冰没来后,心情便放松了许多。他去财院食堂吃了一碗面便准备离去,因为此时他身上的钱已经所剩不多了,学校食堂的饭菜还是比外面的要便宜很多。

就在他吃完饭准备离去的时候,他突然想到,崔冰和她妈妈在中央财经学院学习,那应该也会来食堂吃饭吧。可能崔冰这次来了。如果没见到,那不更遗憾吗?

于是,他决定再等两天。这次他不再盲目地寻找,而是静静地在食堂等待。

果然,当天傍晚,崔冰和母亲,以及许多和崔冰母亲一起学习的老师都来食堂吃饭了。当孟非子和崔冰四目相对的时候,两人惊喜异常,热泪盈眶。崔冰这几天也天天往造纸厂跑,也没能找到孟非子。崔冰起初很着急,跑了三趟以后,崔冰就不急了,她知道孟非子应该就在中央财经学院找她。于是她回到财院注意留心观察每一个身影像孟非子的人,没想到还真遇见了。

那一次,孟非子带崔冰去了圆明园,崔冰说北京的其他景点她都去了,就剩圆明园没去。

他们就在破败的圆明园手拉着手,说着聊着,转了大半天,没顾上看景,两人的悄悄话说不完。

若干年以后孟非子喜欢上了《易经》,他认为那一次不该去破败的圆明园,应该去颐和园或者故宫之类的,哪怕去天安门广场也比圆明园好。他认为正是因为去了被人抢劫一空的圆明园,才造成了后面一系列的事情。

崔冰说,她回去以后就找机会告诉母亲他们俩的事,希望孟非子也尽快告诉他的父母,而后去她家提亲。说着,两人依依惜别。

可能是幸福来得太快,在车辆并不多的那个年代,孟非子在回厂上班的途中竟遭遇了车祸,肇事司机逃逸。

因为不是工伤,工厂出于人道,尽可能地赔偿了一些钱。

孟非子一直处于昏迷中,父母卖掉北京的房子给他治疗,才救回了他的一条命。可醒来之后孟非子失忆了,什么都不记得,只记得"崔冰"两个字。

谁也不知道崔冰是什么,家人以为他不过是胡言乱语,没有一个人把他的话当真。

又过了几年,孟非子身体好起来了,可记忆还是没能恢复。家人张罗着给他娶了一个媳妇,后来也顺利生了一个儿子,日子已经像正常人一样步入正轨。

孟非子在造纸厂时本来就是在试用期,出车祸以后,造纸厂索性不再用他。家人忙着抢救他,也没管他的工作。等孟非子好一些以后,他又开始找工作。之后,他到中学当过老师,在剧团打过架子鼓,到广告公司做过策划,反正什么事能赚钱就干什么。毕竟他是名牌大学毕业生,在那个年代还是很吃香的,他的生活丝毫没受影响。

那年头广告行业还是一个新兴行业,做广告的,闭着眼睛也能发财。孟非子乐于助人,因此朋友多,他在北京信息灵通,且亲戚、家人、同学、朋友都在北京,人脉资源广。最先进入广告行业还不是孟非子自己要做的,是歪打正着给人帮忙,无意中尝到了甜头,才被吸引到这个行业的。

北京又是艺术品最集中的地方,他边做广告,边搞艺术品拍卖,很快通过拍卖艺术品赚得人生的第一桶金。他也在艺术品拍卖这行中摸到了门道,开始学着附庸风雅,懂得品鉴珍品,慢慢成了收藏爱好者,一旦认定了珍品,他就会不惜一切代价收藏。久而久之,他就做成了艺术品收藏界的大哥大。这是后话。

在这几十年里,孟非子总是隐隐约约感觉自己还有一件事情必须做,但一直没做,到底是什么事情他却想不起来。

直到有一天,他陪几个搞艺术的人到南宁疗养,中途去海滨游玩了一趟,经过钦州大学时他心头猛地一震,想起了崔冰——钦州大学!

他们的车回到南宁驶上江北大道,驶过中兴桥时,孟非子差点从座位上跳了起来。他记起来了,崔冰的母亲是广西财经大学的教授,崔冰的家住在江北大道中兴桥附近。

没错,是这样的!

他为自己记忆的恢复激动得手舞足蹈,兴奋不已。是的,他有一个使命没完成,那就是他要找到他心爱的女孩崔冰。

于是他让车直接拐进了广西财经学院。

他见人就问,有一个教授,她有一个女儿叫崔冰,谁认识这个教授?

大家都把他当疯子,哪有这样问人的?这样问谁能回答得上来?

有好心的人问他:"崔冰的母亲叫什么名字?"他一脸茫然地摇了摇头。

既然在学校问不出结果,那他就去江北大道中兴桥附近打听打听。

还是没人知道崔冰是谁。

他又去了崔冰当年的学校——钦州大学,但从老师到同学,已经没有一个人知道崔冰的下落了。崔冰的学籍早就被转走了,从学校的原始档案看,她家住在柳州。孟非子又找到柳州,时隔近三十年,哪还有那条街、那条巷的影子?

孟非子又像当初在中央财院找崔冰一样,在南宁中兴桥附近满大街小巷漫无目的地走着、看着、问着。他多么希望能再次像在中央财院食堂时一样碰到崔冰,尽管他坚信,他一定能一眼认出崔冰来。可是,他游荡了数日还是一无所获,回到家后就病倒了。

在生病期间,他又想起他和崔冰曾有许多书信往来,只要找到这些书信就能找到崔冰。因为那里面有崔冰详细的家庭地址,因为当时有很长一段时间是假期,崔冰留的是家庭地址。

父母摇着头说没见过这些信件,因为当时家里为了抢救他,把房子卖了,后来是租房住,又搬了几次家,那些东西早就不知道扔到哪里去了。

他问妻子是否见过一个装着信件的铁皮箱子。

妻子先是一怔,而后马上咬着牙说:"扔了,烧了!"

他气得顺手将手机扔向了妻子,有生以来第一次骂了脏话。

妻子不依不饶:"二十五年了,我们结婚二十五年了,每次亲热时你嘴里都嘟囔着崔冰,每次梦呓时你嘴里喊的还是崔冰,崔冰是谁?那我又算什么?"

这也是他和妻子结婚以来第一次吵架。吵完以后,他坚决要离婚。现在他有新的目标了,他一定要找到崔冰,他心里已经容不下第二个人了。近三十年了,他欠崔冰的太多太多。此生不还,还有何脸面做男人?

婚离了,但如何寻找崔冰还是没有头绪。为了找她,他打过广告,上过电视,托过关系,跑了很多冤枉路,也被人骗过很多钱,见到过很多假冒崔冰的骗子,可就是没有他心中那个清纯娇俏的姑娘崔冰。他知道,时隔近三十年,崔冰已经不是当初那个娇艳清纯的少女,但是她无论怎么变,大致的轮廓应该不会改变。他也遇到过几个神似"崔冰"的人,可口音、动作、眼神骗不了人,她们的眼睛不经意间都在他的口袋上游离。

一次次的希望,又一次次的失望,孟非子被折腾成了孟疯子,似乎只有出的气,没有进的气,他的身体已经虚弱得一阵微风就能将他吹倒。

又过了两年,有一次,他经过曾经工作过的、现在已经面目全非的造纸厂时,一个很老很老的男人叫住了他。

"你是孟非子?"

孟非子有些纳闷,他看着眼前这个陌生的老男人,不知道他要干什么。

老男人再次说:"你是不是孟非子?"

孟非子下意识地点了点头。

老男人说:"你跟我走,我家还有你的信呢。"

原来,这个老男人是以前造纸厂的门卫,当时在造纸厂工作的人不是很多,孟非子和几个大学生被安排到造纸厂时,死气沉沉的造纸厂顿时平添了几分生气。喇叭裤、霹雳舞这些东西在造纸厂还是很新鲜的,而孟非子和另一个学生偶尔还会变个魔术,打个架子鼓。其他大学生也各有绝活,厂子里的黑板报也办得生动有趣起来,造纸厂变得热闹了,这几个学生无疑成了职工们的偶像。当时孟非子被安排在技术科,门卫对孟非子印象很深的原因是,孟非子天天都要寄信,也会天天到他那里去取信。孟非子天天神神道道的,很少说话,更是少与人来往,每天除了工作、走路、吃饭、躺下,再就是低头看信,傻笑,一封信往往会看无数遍,大家私下里都叫他孟疯子。后来听说他出了车祸,好长一段时间孟非子还是天天都有来信,只是再也没有人来取了。门卫就习惯性地将没人取的信扔在一边。直到工厂垮了,开发商要将工厂拆了盖大楼时,门卫才收拾起自己的行李准备离去。就在这时,他发现了孟非子的一大堆信还在一个角落,于是就拣干净的拾起一些带回家放了起来,没想到三十年后还真能碰见孟非子。

孟非子兴奋不已,像孩童般抱着年迈的门卫亲了又亲。他抱着那堆信,如同抱着他心爱的女人崔冰。那一刻,他发出了一声自信的呐喊,欢蹦乱跳地绕着门卫小小的屋子转着圈,门卫也憨厚地看着他,陪着他笑。

他将一块百达翡丽的手表摘了下来,不容拒绝地塞给了门卫,像个孩子一般欢跳着离去了。

信里果然有崔冰的地址,这下终于有头绪了。在回信里,刚回去时的崔冰还充满着情意绵绵的相思,直到后来见不到孟非子的回信,崔冰就开始冷嘲热讽,到最后便没有了消息。但是前面信件的地址还是钦州大学,而后面的几封信的地址成了南苑化工厂,信里也提到她被分配到南苑化工厂工作了。

这下好找了,他只需要按照地址去找南苑化工厂就能找到崔冰。

可是他哪曾想到,时隔近三十年,哪还有什么南苑化工厂?问周围的人,也是一问三不知。

宽敞的大街、林立的高楼,再一次将他的期望撕得粉碎。

但他还是不死心,托了许多在广西的朋友帮他打听。最后有一个朋友很准确地给他回了话,说以前的南苑化工厂被青云化工集团收购,因为都是重污染企业,化工厂已迁到了城外的易武路上。

孟非子连夜赶到青云化工集团。一问,倒是人人都知道崔冰,说崔冰以前是南苑化工厂的名人,人长得漂亮,写得一手好字,还有一副好嗓子,是厂子里的宣传骨干。

孟非子兴奋极了,想着这下总算找到了。

他做好了一切心理准备,他估计崔冰会骂他,甚至会打他。无论她怎么发泄,孟非子都愿意承受这一切,并用他的后半生来弥补她。他要全力来爱她、呵护她。

他现在只希望立刻能见到自己心中的女神——崔冰。

青云化工集团的老职工丝毫没有孟非子般兴奋,盘根问底过孟非子的身份后就不说话了。被孟非子逼问急了,老职工说话就变得支支吾吾,孟非子有些无所适从。孟非子想着,既然人家帮了自己,就应该感谢人家。于是他立刻将包里所有的钱都掏了出来,祈求这个人带他去见崔冰,说如果钱不够的话,他回头再去取。

老职工把钱还给了他,说:"我不是这个意思,这样吧,我还是带你去见领导吧,让领导跟你说。"

孟非子沉浸在狂乱的喜悦之中,他认为老职工之所以支支吾吾的,是不是崔冰遇到了难事?能有多难呢?无非就是结婚了,生子了。这些也都在情理之中,自己不也结婚生子了吗?只要崔冰愿意,她永远是他的公主。他知道已经过了这么多年,崔冰也不再是少女时期的崔冰，可能满脸皱纹，可能周身发福，可能人老色衰，可能语呆眼痴，但不管崔冰变成什么样，哪怕她现在身患绝症，卧床不起，他也要娶她，照顾她一辈子，绝不让她再受半点委屈。当然，如果崔冰还愿意嫁给他的话。

孟非子迫不及待地去见了崔冰的领导，跟领导说明了来意，说想见见多年未见的好友崔冰。

领导仔细打量着孟非子，说："你是崔冰的什么人？"

孟非子从没想过有人会问他这个问题，他原本想说是爱人，但是又不知道崔冰现在的情况，不能给她添乱，他甚至想到，万一这个领导就是崔冰的爱人，那还不把他赶出去？

于是，他说："我是她的好朋友、好同学。"

领导说："你们是哪种关系的好朋友、好同学？"领导突然感觉自己这句话问得有些奇怪，又连忙改口说，"我没有其他意思，我是说你们的关系是不是很好？"

孟非子说："是、是、是，是的。"

领导叹了一口气，说："既然你们关系很好，那她死了十来年了你怎么都不知道？"

孟非子的笑容僵在半空中，嘴巴都不自然地抖动着，像被人当头打了一棒子似的，晕头转向，站立不稳："你、你说什么?！不要跟我开这样的玩笑，我、我、我开不起这种玩笑。"

领导扶孟非子坐下,说:"你看我这样子像开玩笑吗?没开玩笑,崔冰已经死十一年了,得了胃癌死的,死的时候人瘦得只剩一把骨头,挺可怜的。"

孟非子用手势打断了领导的话,晃悠悠地走出领导的办公室,站在院子里狠狠地吸了几口气才缓过神来。

他再次回到领导办公室,对领导说:"没事,我知道您是在考验我。崔冰吉人自有天相,不会有事的。"孟非子一边像是在跟领导寒暄,一边又像是在安慰自己,可他的眼泪分明不受控制地往下淌,哽咽得全身颤抖,整个人像山崩般瘫倒在沙发上,嘴角却挂着一丝撕心裂肺的苦笑。

孟非子和崔冰自那次分开以后,他出了车祸,崔冰回去久等不到他的消息,以为他移情别恋,或者家人横加阻挠,就不再给他写信了,也因此消瘦、消沉下去。几年以后经人介绍,她随便找个人嫁了,生了一个女儿。男人对她不好,非打即骂,生病了也不给她治疗,还说她在外有野男人,后来两人过不下去就离了。崔冰的母亲四处借债给她治病,到最后也没治好她的病,人财两空。

孟非子的泪决堤而出,坠落有声,整个人像被风刮烂的风筝,支离破碎。过去美好的回忆,瞬间被无情的现实碾碎。

"能告诉我她母亲现在在哪吗?她前夫和她女儿又在哪?"

领导说:"她母亲好像回东北娘家了,她前夫和女儿我就无可奉告了。"

孟非子虚弱地问:"崔冰埋在哪里?"

领导为难地说:"这个还不太清楚,不过我可以打听一下,应该能问到。"

孟非子猛地从沙发上弹跳起来,咆哮着:"她不是厂子里的名人吗,当时下葬的时候厂子里没一个人去送葬吗?!"

领导平静地说:"是的,没一个人去,因为我们不知道她什么时候下葬的。她母亲倾其所有给她看病,最后拿房子给人抵债了,当时没钱给她买墓地,就将骨灰盒寄存在火葬场,后来什么时候下葬的就不知道了。"

孟非子不知道自己是怎样离开青云化工集团的。离开以后他在南宁住了两天,不吃也不喝,像死人一样躺着,幸亏有朋友在身边照顾他。两天后他挣扎着爬起来,朋友开着车,陪他去南宁所有的公墓一一寻找。

半个月后,功夫不负有心人,孟非子还真在一个墓地找到了崔冰的墓。墓碑倒在地上,墓周围杂草丛生,墓碑上的字有些模糊不清,但孟非子还是用手摸到了"崔冰"二字,顿时他如同遭雷击般痛楚,头脑一片空白。

清风吹不走哀愁,细雨抚不平褶皱,黄沙漫天,荒草一片,生死愁离,兴悲苦哀。孟非子深陷在回忆里,每触及一下往昔,都是撕心裂肺般疼痛。寻觅、寻觅,到头来生死契阔,与子成婚成了一纸空文:"冰啊!你睡醒了吗?跟我回家吧!我的世界绝不允许你消失。生,我是你的温度;死,我是你的棺床。冰啊!我是你的过儿,一直等你从古墓修炼归来。"孟非子跪在地上,小心翼翼地将崔冰墓周围的杂草一棵不剩地全部拔去,将所有的瓦砾捡拾干净,跪行着将这些他认为配不上崔冰并扰乱崔冰休息的东西一趟一趟地送出很远,直到双膝磨出了鲜血,双手满是伤痕,他也不让任何人帮他捡一片枯叶。

墓的四周变得干干净净了,一片枯叶都没有留下。他满意地看着,笑着,而后轻轻地偎依在墓碑旁,双手轻拍着墓碑,像哄婴儿睡觉般幸福和安详。

"人依旧,岁月流转,愁绪望斜阳。多少风霜,多少心酸,都付风中飞扬。梦依旧,人儿不复返,无奈问斜阳。几番风雨,几番思量,此情永不能忘。痛苦我自寻,愁绪千百转,挥也不散,不能忘,日复一日,平添忧伤。风依旧,吹遍荒凉,留不住斜阳。几番惆怅,几番嗟叹,回首烟雾茫茫……"

一首经典老歌意味深长地在墓园上空飘荡,整个墓园在这首歌飘过后静悄悄的,鸣虫也为之沉默。

孟非子就这样躺着,静静地躺着,不悲不喜、不言不语,直到日薄西山也一动不动。陪同的友人抹了一把又一把的泪,静静地守护着他,直到月上柳梢头的时候,友人才轻轻地拍了拍他的肩膀:"孟老师,孟老师,我们回吧!"叫了几声也不见孟非子有任何反应,友人急了,连忙俯身想将他扶起来。而此刻的孟非子身体已经冰冷,除了心脏在跳,全身上下几乎没有一点温度。朋友赶忙从车上找来一条线毯盖在他身上,又去联系墓地工作人员。工作人员叫来救护车,才将奄奄一息的孟非子拉走。

孟非子恢复了一点体力以后再次来到墓地,跟公墓的管理人员大吵大闹。他要将崔冰的骨灰带走。"我们今生有缘相遇,无论生死也要相聚,天涯海角,黄泉碧落,生死同寝,沧海明月,永不负卿。"

工作人员说:"这个我们也做不了主,必须经过家属的同意。"

孟非子说他就是家属。

工作人员说:"那你要拿出证据才行。"

孟非子说:"两个人的相爱就是证据,即使阴阳相隔,彼此也都在对方心里,还要什么证据?"

吵闹无果,孟非子又去青云化工集团,化工集团的领导说什么也不愿意告诉孟非子关于崔冰前夫以及其女儿的任何消息。他说:"不是不告诉你,孩子已经上大学了,不要再去撕开孩子的伤口了,让孩子清净地过她自己的日子吧。至于她前夫,还是不见的好,见了也不会有什么结果。况且他们离婚很多年了,他又重新组建了家庭,他早就不是崔冰的家属,无权为崔冰做主。"青云化工集团的领导答应帮孟非子联系崔冰的母亲,一旦有消息,保证第一时间告诉孟非子。

孟非子回北京催了青云化工集团领导三个月,才等来崔冰母亲的消息。他又连夜赶往东北,联系上崔冰的母亲,说明来意。

崔冰母亲——一个饱经风霜的老人,对孟非子的到来还是很感动的,说:"你要将她的骨灰带到哪里去?"

孟非子斩钉截铁地说:"活着我们俩做不成夫妻,如今即使阴阳相隔,我也要和她生活在一起。接下来的日子我就和她的骨灰一起生活,直到我死后和她同眠。我已经在八宝山把我们俩的墓地都买好了。"

崔冰的母亲很感动,说:"我女儿活着的时候从没有提起过你,我也不知道更不认识你,既然你对她如此深情,就让她入土为安吧!你还是不要带走她的骨灰,算是一位母亲求你了。"

孟非子看着老泪纵横的崔母,两人四目相对,像一对失去亲人的母子抱头痛哭。

崔母还是那句话:"你有你自己的日子,就不要再去打扰她了,让她静静地睡吧!她在那边没有疾病,没有痛苦,就安心地等着我们去和她相聚好了。"

孟非子见老人说得有理,不好再坚持,但强烈要求将崔母接到北京养老送终。崔母也拒绝了,说:"我已经在这里生活习惯了,不想再去适应新的环境。"

孟非子就给了崔母两张银行卡,各有一百万存款,一张给崔母养老用,另一张希望崔母转交给崔冰的女儿,希望能帮得上她。因为他已经打听到崔冰的女儿在上大四,还想读研究生,崔冰的前夫以经济紧张为由,不同意大女儿读研,因为崔冰前夫又结婚生子了。

崔母摇摇头,拒绝了。她拒绝的原因是,自己不能无缘无故拿这笔钱,她有退休金,管她目前生活绰绰有余,根本花不完。至于孩子,人各有志,孩子能上得起研究生就上,上不起可以先工作,将来再深造。一代只能管一代,她连女儿都没管好,更没权利去管他人的孩子。

她谢了孟非子的好意,也希望孟非子能尽快走出痛苦,过好自己的生活。她说,如果崔冰泉下有知,也不希望孟非子这样的。

回到北京后的孟非子就像一根陈年腐竹,脆弱得似乎一碰就能四分五裂,身体每况愈下。他活着如同死了一般,成天祈祷着尽快死去,意在能尽快和崔冰相聚相守。

孟非子不知道该如何打发自己的余生,百无聊赖中,他只好再次将他对崔冰的情感寄托在青笺上,如同以往,一天一封信,浓情淡墨,勾勒思念,岁月无言,相思绵绵。在孟非子的心里,崔冰从未离去,她只是在天上一隅抚琴凝眸地为他守候。

8

　　听着孟非子的故事,三人早已哭成一团。乔乔从最初的哽咽变成号啕痛哭,以把整个茶楼的人都惊动的姿态,狂风暴雨般地哭着,以至于许多包间的人都安静下来,以为发生了什么大事。服务员过来看了几回,见几个人端坐着哭,男人凄楚哀婉,女人妆容凌乱。服务员又不好问人家的隐私,就一再叮嘱声音小点,别影响其他客人。

　　孟非子从头到尾都在哽咽着哭。蒹葭在四大名著里读过被称为中国文学史上最会哭的四个男人,他们分别是刘备、宋江、唐僧和贾宝玉。可那些都是小说,他们的伤心和痛哭绝对没有孟非子这般波澜壮阔、汹涌澎湃、感天动地。刘备的哭是鳄鱼的眼泪,宋江的哭是权计的表现,唐僧的哭是激励徒儿的手段,贾宝玉的哭是多情的哀伤。不能说这四个人没有动情,不管是什么原因,男儿有泪不轻弹,但他们的情跟孟非子这种上穷碧落下黄泉、生死不离的情感比起来逊色多了。

蕖葭从没见过男人这般哭过,甚至都不知道狠心的男人们为什么会有如此痛彻心扉的细腻感情。她不知道怎么安慰他,甚至都不知道自己该干什么。蕖葭也哭,她是小声地呜咽、抽泣,却也伤心得全身颤抖。虽说他们故事不同、时空不同、对象不同,但情感是相通的,每个人或多或少都能在这个故事里找到和自己相匹配的情节,他们在哭别人的同时,其实也是在哭自己。谁又敢说自己就比别人过得幸福呢?

蕖葭和乔乔都认为女人一生比男人苦,比男人累,比男人更有责任感,比男人更重感情。所以当她们遇到了像孟非子这样的男人时,如同面对一个天外来客般感觉不真实。当然,她们谁也想不出崔冰的内心是如何受煎熬的,估计崔冰也好不到哪去,否则不会抑郁成疾,英年早逝。

蕖葭知道乔乔绝对不是在哭崔冰,而是在哭自己。

蕖葭清清楚楚地知道,对于每个人而言,职场如战场,家应该是疗伤的地方。许多女人亲手置办了温暖的家,受伤后却找不到一个可以疗伤的地方,这确实是目前许多女人纠结的地方,也是当下离婚率居高不下的重要原因。据说现在80%以上的离婚都是女人提出的,而离婚后80%以上的女人选择不再婚,因为女人在找不到适合自己的男人之前,绝对不会再轻易向前走一步。

蒹葭曾经劝过一些未婚却又向往婚姻的年轻人。她说:"结婚是一件很容易的事,离婚可就难了。两人头脑一热就可以领证了,而离婚是一种漫长的马拉松似的煎熬,这场马拉松没有胜负,只会两败俱伤。"话又说回来,蒹葭也清楚地知道,人若不是情非得已,又有几个人会迈出这一步呢?正如蒹葭和乔乔,虽然她们在婚姻生活中满目疮痍,但还是在人前划着那赖以生存的冲锋小舟,在寒冷的冬夜流着泪唱着"我们的生活充满阳光"。这就是残酷的现实,所有的人都必须去面对。

过了好久,孟非子才从他自己的故事里走出来,看到两个梨花带雨的女人,他不知道该如何是好。尤其是乔乔,为什么会反应得比他还强烈,比他在面对崔冰墓碑的时候还悲痛?这是孟非子没想到的,也是他永远也想不到的。

蒹葭知道乔乔的伤心从何而来。这个孤独的拥有上亿家财的女中豪杰,只是借助孟非子的故事将压在她心底的痛楚发泄了出来而已。蒹葭又何尝不是呢?在这个世界上不幸的不只是崔冰,放眼望去,又有几个女人没有故事呢?

乔乔也有过一段和孟非子一样的浪漫经历。她和那个男人曾经海誓山盟,海枯石烂终不悔的誓言还在耳边激烈地回响,近二十年的感情如今却砸得她粉身碎骨。

乔乔的男人原本是乔乔的高中同学。大学时,他们被分到两个相隔遥远的城市求学,天各一方。他们像孟非子和崔冰当初一样,浪漫而幸福。一天一封信,男女都心灵手巧,每一封信都叠成不同的形状。四年的信件,无一张重复,说是信件,其实是两颗沉甸甸的心,比说一万句"我爱你"更能感天动地。

乔乔的男人和蒹葭的男人一样,家境贫寒。乔乔和蒹葭一样,家境也不富裕。可乔乔的男人比蒹葭的男人用情真切,当初对乔乔的感情丝毫不亚于孟非子对崔冰的感情。男人每天只吃一顿饭,节省下两顿饭的钱不是随信寄给了乔乔,就是攒着,一到放假就跑来看乔乔。每当这时,蒹葭和同宿舍的同学都心照不宣地溜出去,给他们提供独处的机会,让他们尽情倾诉衷肠。

四年学业结束,马拉松式的爱情有了结果:结婚,怀孕。这如果是童话故事,应该说王子和公主步入了婚姻的殿堂,从此过上幸福的生活——即使乔乔和她的男人不是公主和王子,而是灰姑娘和扫烟囱的孩子。他们应该更懂得珍惜,日子应该过得如童话般精彩,精彩得让所有人为之喝彩,羡慕。同样是爱情,同样是一天一封信,他们的结局比孟非子和崔冰强一万倍。

确实是让人羡慕,不是别人羡慕他们,而是乔乔的男人羡慕了其他男人。

大学毕业后,乔乔的男人发誓要让乔乔过上好日子,也要感恩养育自己的父亲和姐姐。于是男人放弃了当时分配的正式工作,下海经商。广西烟草种植业繁盛,男人自然而然地做起了烟草买卖,赚了不少钱。他不让乔乔工作,让她享受公主般的生活。钱来得快,也就没了往日的珍惜,男人不知不觉染上了赌博的恶习。就在乔乔怀孕期间,男人急于给乔乔和未来的孩子创造更好的生活,却把家产输了个精光,乔乔一气之下回了娘家。原本想着给他单独的空间,让他冷静思考后痛改前非,谁知这时候,一个大男人10岁的做资本运营的单身女人出现在了男人面前。她先是给了男人一笔钱,鼓励他继续做生意,然后帮他融资,将生意做大。男人根本就没时间去考虑乔乔,天天忙得昏天黑地。有一次在外面应酬,男人喝醉了,吐得一塌糊涂,又发起高烧。女人把他带回家,帮他洗衣服,清理污物,帮他揉肚子,煮姜茶,对他照顾得无微不至。从小失去母爱的男人在女人这里得到了温暖,于是,两个人自然而然地发生了不该发生的事情。当有人告诉乔乔她的男人在外面有了情人时,乔乔摸着逐渐隆起的肚子,头摇得跟拨浪鼓似的,表示不相信。然而,一天、两天、一个月、两个月,直到孩子临盆,男人也没有出现在她的视线里。等男人再次出现在乔乔面前时,他不是回来看孩子的,也不是回来看乔乔的,而是回来跟乔乔提离婚的。他早已经将他们生生世世不分离的誓言,当成厕纸一般扔在了身后,将家里含辛茹苦怀孕生子,日夜为他等候,并憧憬着美好幸福未来的妻子抛在了脑后。

于是乔乔在孩子八个月时跟这个相恋了七年的男人分了手。

一段孽缘已经结束,乔乔应该也已走出离婚的阴影,重新整理自己的生活。我们也应该庆祝乔乔的新生。

可这个善良而愚蠢的女人坚信浪子回头金不换的鬼话,在孩子3岁时男人又来到北京,发誓痛改前非,再也不离开她了。乔乔心一软,又收留了这个男人。

可好景不长,随着乔乔生意的红红火火,家庭条件好转,男人又暴露出他的本性。这次他不只是赌博,而是吃、喝、嫖、赌、抽样样俱全,经常醉醺醺地回家耍酒疯,要钱,家庭暴力,甚至威胁乔乔,如果敢离婚,他就要让她一家不得好死。甚至有一次他将孩子带走一个月,以此威胁乔乔不许离婚。

婚是离不了了,乔乔过着行尸走肉一般的生活,从此再也不相信爱情。没想到孟非子的故事触动了乔乔的伤心处,两人像找到共鸣般地哭得此起彼伏。

蒹葭当初劝乔乔不要和男人和好,说一个人的根子坏,不是你的原谅和宽容就能改变得了的。轻易原谅他只会助长他的威风,你的善良和软弱不一定换来根本上的改变,可能会是变本加厉的伤害。

可乔乔每次见他痛哭流涕、懊悔莫及的样子,又轻易原谅了他,结果就变成如今这个模样。

蒹葭的妈妈说:"一个人如果和一个烂人纠缠一辈子,只会过烂自己的一辈子。"蒹葭和乔乔也都清楚这些话,可在面对自己的问题时又总是那么无助。

她们明明长得漂亮,明明有着聪明的头脑,明明可以远离垃圾人,可就是"善良"二字将别人羡慕的一手好牌打得稀巴烂。精神的损耗远远超过廉价的面子,她们让自己在廉价的感情中过着更加廉价的生活。

更奇怪的是,蒹葭能看清乔乔的生活烂牌,她也极力去拯救乔乔,乔乔也能看清蒹葭的一手烂牌,也想尽一切办法拖她离开深潭,可两个人却悟不透自己的生活。局外人的清醒、局内人的糊涂在她们俩之间上演得淋漓尽致。说糊涂,她们在工作上比谁都精明;说精明,情感的事情发生在自己身上却束手无策。她们不是不够聪明,也不是不够优秀,而是不懂得保护自己。在婚姻生活中,当别人践踏着她们的尊严,侮辱着她们的人格,欺凌着她们的弱小时,她们不会挣扎,不会呼救,不会抵抗,甚至都不会去为自己争取一个有利的形势,在呼吸不畅时给自己一个喘息的机会。所以她们只能像怨妇一样彼此不停地倾诉着自己的不幸,为彼此的情感简单地疗伤。

今天听到了一个真情男人的真实故事,她们这对生活在苦难婚姻中的女人怎能不哭呢? 她们理解孟非子的不易,所以要哭;没有人理解她们的不易,所以也要哭。

9

孟非子虽说经历了一段凄苦的爱情,但他为人仗义,朋友满天下。看到孟非子成天陷入自己的情感地狱里,朋友们便想方设法轮换着带孟非子走出泥潭,环游世界。两年过去了,孟非子好不容易从极度痛苦中挣脱了出来,可命运就是这么跟他周旋不清,让他遇到了蒹葭。蒹葭不只是长得像崔冰,还是从崔冰的家乡、崔冰的学校、崔冰所在的街道走出来的。

只可惜昨是今非旧时光,眼前人并非当年的美娇娘啊!

两个女人既可怜眼前的男人,也尊敬眼前的男人。孟非子保存着这份纯洁得如同初生花般的感情,如果不是亲眼所见、亲耳所闻,可能没人会相信这是真的。他们都是过来人,也都明白,如果当初崔冰和孟非子生活在一起了,也不一定就会生活得很幸福。

蒹葭和乔乔抹干眼泪,相互看了一眼,她们俩见证了人世间这样重情义的男人,是幸运,也是不幸。幸运的是,她们知道人间有真情在,她们相信男人也有像女人一般的细腻感情。不幸的是,这种男人的对象不是她们中的任何一个。

蒹葭的男人吃着她的软饭却当着她的面照顾别的女人;乔乔不仅要赚钱养家,还要替男人还赌债。

同样是男人,为什么差距这么大呢?

孟非子怔怔地看着蒹葭,看得蒹葭很心慌,她已经预感到可能要发生什么事,这个事情可能跟她有着直接的关系。

那一夜,他们仨在各怀心事中度过,直到离别时,他们依然唏嘘不已。只是蒹葭有着一种预感,好像接下来要发生什么事情。

果然,第二天一大早,孟非子就给蒹葭打来电话,十万火急地让蒹葭一定去他办公室一趟,要给蒹葭看崔冰的照片。他说:"怎么就这么巧呢?你们怎么就长得这么像呢?你确定不认识崔冰?她不是你的姑姑或者什么亲戚?"

蒹葭笑了,说:"不看了,您多保重!"

蒹葭打心底里会一辈子尊重这个男人。一个重感情的人,他的本性是善良的。同时蒹葭也决定要跟这个男人保持距离,越远越好,因为她已经预感到这个男人会倾其所有地帮助自己,对自己好。即使不跟她发生任何关系,他也会把蒹葭当成崔冰来照顾,来呵护。他甚至会将欠崔冰的东西变相地补偿给蒹葭,尽管这是许多女人梦寐以求的事情。孟非子长得帅,有钱,有名望,又重感情,蒹葭知道,自己再怎么任性,孟非子也会小心翼翼地对自己好。但是蒹葭不想成为任何人的替身,所以蒹葭决定跟他保持距离,如果有可能,就今生不要再见面了。

孟非子的执着哪是蒹葭能懂的?在孟非子的心里,那一夜,他将自己埋藏在心里近三十年的秘密告诉了蒹葭和乔乔,那一刻,他认为蒹葭、乔乔和他是心灵相通的,从此他们就是这个世界上最亲密的伙伴。

孟非子见蒹葭不接他的电话,也知道蒹葭的顾虑,既然有缘相识,哪怕做兄妹也是一种幸福,孟非子怎能轻易放弃呢?于是他又让乔乔给蒹葭打电话,让蒹葭去他办公室谈蒹葭参赛的事。

乔乔打来电话的那一刻,蒹葭认为自己将会成为替身的感觉更加强烈,她也不便跟乔乔多说,只是找借口说很忙。

乔乔说:"再忙,参赛也是大事啊!"

蒹葭说:"我已经决定不参赛了,一个真正的艺术家是靠艺术立足的,不是靠奖状来证明的,我更不愿意靠拉关系去得奖,那不是艺术家的行为。"

乔乔当然知道蒹葭的心结在哪里。乔乔说:"你傻呀,要是我,我会毫不犹豫地接受孟非子给我的一切。与其守着一个不爱的人,还不如随了一个爱自己的人。人这一生是很短暂的,一眨眼间许多人来了，又有许多人走了，来的人空手而来，走的人随风飘散，一切如烟云。人来世间走一遭不容易，何苦为难自己？如果你守着的是你爱的，或者是爱你的，那么苦与累也就认了。青春不再重复，时光不再重复，生命不再重复，感情也不再重复，错过了就是一辈子的遗憾。你呀，何苦要为难自己？轻松也是一辈子，沉重也是一辈子；幸福也是一辈子，不幸还是一辈子。每个人天天在奋斗，在努力，在盼望，在祈祷，都是希望能够幸福一辈子。为什么有许许多多的女人宁可守着一成不变的死亡婚姻，却不肯为自己推开另一扇窗呢？女人要是改变不了男人，请一定要认真改变自己。"

乔乔苦口婆心地说："真的没什么不好的，我们都看在眼里，你蒹葭的生活有多苦，这种苦不是物质上的，而是精神上的。我都知道心疼你，你男人眼里却永远没有你，好像你就是这个家倒贴钱的义工、保姆。有人拿石头当宝贝，有人拿宝贝当石头，你老公就属于后者。在现在这个时代，还有谁会去守着一个不再爱自己的男人过日子，指望他良心发现，浪子回头？"乔乔说，"我之所以离不了婚是遭到了威胁，为了全家人的安全，牺牲我一个，幸福全家人。可你蒹葭不是这样的，你的男人只是懒，只是贪，只是窝囊。他已经不爱你了，用孟非子的话说，你蒹葭完全是可以靠颜值吃饭的，却把自己过成了'战斗机''铁梨花'。我真心认为你这样做不值得,我认为你拥有一个像孟非子一样的朋友有百益而无一害。自从孟非子离婚以来,追求孟非子的十八佳人都能组成一个班了,你蒹葭有这个缘分、这份幸运能被孟非子追求是多么荣幸的一件事。其他男人怎么对待你我不敢说,但孟非子绝对会把你当宝贝捧在手心,一辈子不会放下。管她替身不替身的,跟一个死去的人计较什么?"

蒹葭知道乔乔的话很有道理,蒹葭也清楚如果有孟非子这样一个朋友,自己会轻松很多,会少走很多弯路,自信和笑容会再次回到她的脸上,她会再次美丽起来。但蒹葭更清楚,如果有孟非子这样一个朋友,她的人生会被改写,但是蒹葭还是无法接受这样的感情。

或许是蒹葭想多了,或许孟非子只是想找一个比较投缘、像他心中爱人的人说说话,做一个普通朋友。但蒹葭还是接受不了与孟非子甚至是普通朋友的关系。因为蒹葭多年来已经把自己活成了独立的宇宙,遇到任何事情她首先想到的是自己去解决。她从不依靠任何人,也确实依靠不上任何人。

说实话,孟非子很帅,也很有风度。他守信,有修养,加上他家财万贯,名满艺术界,确实是许多女人心目中的偶像。尽管他已经不再年轻,但丝毫不影响他的魅力。可是蒹葭还是不愿意和他多交往,她宁可默默地、远远地尊敬他、欣赏他,也不愿意近距离给他带来遐想和伤害。因为只要蒹葭出现在孟非子面前,就由不得孟非子不想念崔冰,一想念崔冰他就会痛不欲生。所以蒹葭宁可放弃参赛,也不愿意再见到孟非子。

越是见不着,孟非子越是像着了魔一般地想见蒹葭。他找不同的人约蒹葭吃饭、喝茶、谈事,甚至主动将蒹葭的作品填了表报了上去,让蒹葭只需要将作品送过去参赛就行。

蒹葭主意已定,一概谢绝。

孟非子还是不死心。有一次,蒹葭在一所高校讲课,讲"艺术家的修养",孟非子不知什么时候悄悄坐在一个角落旁听。听完课以后,他更认为蒹葭就是崔冰,更想和蒹葭成为朋友。

一周后,蒹葭接到乔乔的一个电话,说孟非子这个人把感情看得比生命还重要,蒹葭如此拒绝和孟非子见面,拒绝他的帮助,小心孟非子因爱生恨。

乔乔还说,孟非子在电话里连哭带骂,说蒹葭就是个小手艺人,有什么了不起的,以前华远教授说她不好打交道他还没怎么在意,看来这个女人还真是难缠。他又没有其他意思,只是想跟她做一个朋友,想帮帮她,她还这么清高……

蒹葭无奈地笑了,让他发泄一下也好。如果他真要报复她,她也认了,哪怕是打她一顿,如果能治好他的心魔的话,她愿意为崔冰挨这一顿打。

当天下午,乔乔再次打来电话,焦急地说:"蒹葭,你赶快过来一趟,孟非子出事了。"

蒹葭吓了一跳,问:"出了什么事?我和他只是一面之缘,跟他什么关系都没有,他不至于为我做出什么傻事吧?"

乔乔说:"还真做出傻事了。"

乔乔说她不放心孟非子,就顺路过去看了一下,发现他瘫坐在办公椅上,有气无力地念叨:"有什么了不起,有什么了不起。"他的员工说孟非子就这样坐了一整天,不吃也不喝,更不动弹。乔乔急了,要拉孟非子去吃饭,孟非子还是不动。孟非子身体弱,大家都知道,乔乔真怕出什么事,就出去给孟非子买饭。等她买完饭回来,发现孟非子桌子上撒了几颗白色的药粒,一个标有"安定片"的药盒子滚落在一边,孟非子口吐白沫,早已不省人事。

蒹葭反倒冷静了下来,让乔乔先不要着急。因为蒹葭也吃过安定片,如果剂量不是很大,问题就不会太严重。

蒹葭连忙给在孟非子办公室附近的一位医生朋友打电话,让他帮忙过去看看。

经过蒹葭的医生朋友的一系列处理,孟非子的身体暂无大碍。

经历了这一件事情以后,蒹葭冷静了下来,她知道孟非子的这份感情已经成了他生活的全部，其实他还是没能走出这个阴影，而且估计这一辈子也不会真正走出这个阴影。

得不到的永远是最好的，何况是这种生死别离。蒹葭也经历过这种事情，她曾经在大街上见到一个乞讨的人特别像她的祖母，尽管她对祖母没有一点好感，但是由于对父亲的感情，蒹葭不由自主地想去照顾这个老人。她明明知道这个老人不是自己的祖母，可她还是给这个老人租了房子，买了生活必需品，安顿好她的生活，并且隔三岔五去看望她。这种莫名其妙的照顾持续了五年，老人去世后她还很伤感，还经常不由自主地走到那个给老人租住的小屋看上一眼，有时还会流下两行清泪。

蒹葭还照顾过一个做房屋中介的小伙子，只因为他长得像自己的表弟。

所以蒹葭非常理解孟非子的这种情感依赖但又依赖不上的那种痛楚。两个历经情感创伤且孤独的人，很有可能因为一个动作、一句话、一个眼神而感动，而走近。孟非子是单身，蒹葭的婚姻形同虚设，随时可以解体。他们即使走到一起也没什么不好的。如果没有崔冰，这件事情蒹葭可能会认真考虑。尽管崔冰已经不存在了，但在蒹葭的心里，崔冰依然是她迈不过去的坎，依然是他们各自心中的一堵墙。蒹葭不愿意接受这样的感情。

经历了孟非子吃安眠药这件事情以后，蒹葭对孟非子从最初的尊敬变成了敬而远之。一个男人为情而魔怔,这是哪个女人也招架不住的,万一哪一天因为无心的一句话伤害了他,那该怎么办呢?虽然蒹葭不想跟他有任何关系,但是蒹葭也不愿看到他这般糟蹋自己。

深情的男人固然可贵,但是为情而疯狂、不理智的男人很可怕。

他和崔冰之间是爱情,他和蒹葭之间是什么呢?什么都不是啊!

女人在感情面前是理智的,也是糊涂的,当不能明确知道是什么感情的时候更是恐慌的。她真的不知道接下来会怎么样,她该怎么办?

10

孟非子的事情还没处理好,家里的男人又开始跟蒹葭闹了。

"不就是一幅画吗,人家已经出价一千万了,为什么不卖?一千万哪!你就清高到连一千万都看不上?一千万能在北京、上海、广州等任何一个大城市的中心买一套相当不错的房子,你就这样跟钱过不去?"

蒹葭说:"艺术是不能用钱来衡量的。"

她男人还是不懂,认为这幅作品既然出自她手,她还可以再创作一幅一模一样的出来啊。谁也不会说是赝品。她这是对家庭不负责任,是置家里所有成员的幸福于不顾,这是自私的表现。

无论男人怎么说,蒹葭就是不肯出手。

蒹葭说:"一千万对于你来说是一笔不小的数目,对于买家来说也是一笔不小的数目,为什么有人肯花一千万来买它?那是因为他看到这幅画的价值比一千万更高。"

男人说:"一千万对于咱们来说是一笔巨大的数目,但对于有钱人,尤其是余天成来说就不算什么了,他的一幅画也能卖一千万甚至几千万。"

蒹葭说:"花一千万甚至几千万买余天成画的人,拿出来的难道不是钱吗?艺术品的价值是不能用钱来衡量的。"

男人丝毫听不进去蒹葭的话。他认为蒹葭是故意跟他过不去,是有了外心防着他呢。他大骂蒹葭,说她藏私房钱:"我如此辛苦地扶持你,你竟然背着我藏画,你不舍得卖是吧?是想留给哪个野男人吧?"

蒹葭轻蔑地笑了,说:"你扶持我?你是有权还是有钱?抑或是有背景还是有能力?啥都没有,你就是有点骨气也行啊!你有什么?你是去菜场买过一条鱼还是捡过一根鱼骨头回来?你是洗过一次鱼骨还是磨过一根鱼刺?你是帮我买过一双袜子还是给我倒过一杯水?你扶持我?你拿什么扶持我?卖画的钱我都没见过一分,都进了你和你家人的口袋,到底是谁扶持了谁?"

男人不屑一顾地说:"我用心扶持你了。"

蒹葭说:"你好好摸摸你的胸口,看你的心在哪。"

吵架,谩骂,蒹葭远不如这个男人,因为这是一个在北京胡同里看着一群大妈吵架长大的男人,他的母亲也是其中之一。不善言辞的蒹葭哪是他的对手?每次吵架,看在幼小孩子的分上,蒹

缘来如此 091

葭只能忍。如果因为一件小事就离婚,那她这十几年的婚姻足以离一万次了。当然,蒹葭已经在这些大大小小的事情中麻木了。说痛,确实很痛,可一看到孩子可爱的笑脸,她又感觉不痛了。自己的苦难只有自己知道,这个看似老实巴交的男人对她没有任何情感,她的生活一片漆黑。他丝毫不会心疼她那双已经变得粗糙的手,更不会在意她的辛劳。她为了创作这幅画,每天一大早做完早餐,将孩子送到学校后就去菜市场,往杀鱼的地方跑,在一大堆腥臭的鱼下水里挑拣鱼骨头。夏天苍蝇成堆,冬天她的手冻得像发泡的胡萝卜般,还要遭人白眼。她想给人一点钱,让杀鱼的人给她把鱼骨头单独放在一堆,可卖鱼的人根本看不上那点卖鱼骨头的钱,也不屑帮她将鱼骨头单独挑出来,她只好自己到垃圾堆里挑选。有时幸运能遇到做鱼丸的人,她便欣喜不已。因为做鱼丸的要将鱼肉刮尽,剩下的鱼骨头还算干净。但是这样的鱼骨头经常买不到,因为有人专门买这种鱼骨头来煮汤。为了买到这样的鱼骨头,她往往要在摊位旁边待几个小时,盯着人家弄完了才能将其买走。

　　她没有多余的时间,也没有地方让她挑挑拣拣,只能将鱼骨头、鱼刺一股脑买回来。一个年轻貌美的女人,成天像个捡垃圾的,提个肮脏的、装着鱼骨头的袋子跑一个又一个菜市场,就是为了多收集一些鱼骨头。每次弄完,她都要回去洗好长时间,才能将身上的鱼腥味去除。

她将收集到的鱼骨头认真挑选,用小刀或者剪刀将它们拆卸、分类,而后清洗、消毒、去腥、进行防腐处理,再用福尔马林浸泡三个月,而后加蛋白酶浸蚀五个小时,再从蛋白酶浸蚀液中取出鱼骨头,用流水冲洗,并烤干,用脱脂剂脱脂,漂白,晒干,再根据每根鱼骨的不同用途将其分拣开。一幅画需要最多的是细如发丝的鱼骨,有时怕损伤到鱼骨头,蒹葭就用自己的指甲将鱼骨劈开,再劈开。这需要长期的经验和技术,才能将一根小小的鱼刺分成几瓣,细如发丝。就这样还没完,蒹葭还得用无色透明水晶漆喷涂于干燥的鱼骨表面,进行表面处理,然后再晾干,用小锉子打磨,拉丝,再分类备用。采用这种方法处理过的鱼骨头没有任何味道,也不损伤鱼骨,甚至不会损伤鱼刺的微小结构。脱脂干净、漂白晾好后的鱼刺光亮洁净,在潮湿地区不会产生霉变,可长期保存,以此确保鱼骨画质量。

可想而知,制作一幅画的难度有多大,在制作的过程中蒹葭付出了多大的代价。她走在菜市场、大街上,坐在公交车上,甚至是骑着自行车,人们都用鄙视和嫌弃的目光看着她。她太能理解这些人了,因为那一刻她也在鄙视自己,虽然自己干着高雅的艺术,但在行为上跟乞丐又有什么区别呢?再看看自己那一双已经微微变形的手,无数次她想放弃。可当她看到一根根处理过的鱼骨栅栅如生仿佛又复活了时,她又感觉付出多大代价也是值得的。尤其是她靠这双手换回了一套又一套房子,她松了一口气,总算不用寄人篱下,总算在北京站住了脚。孩子还上了许多北京人都上不起的国际学校,她感觉自己的付出值得了。牺牲她一个,幸福全家人吧!

但是创作鱼骨画真的是太苦太累了,她不只是要收集鱼骨,对它们进行打磨处理和创作,还要看大量的书,尤其要翻阅大量的跟鱼有关的书籍,了解各种鱼的性情、结构和鱼骨的形状。有时为了得到几根特殊的鱼骨,她会不惜一切代价买回一堆昂贵的鱼,在接下来漫长的日子里又会省吃俭用弥补损失。北方人大多不爱吃鱼,家人一见她买鱼就生气,她就将鱼带到租赁的房子里去处理,剔除鱼骨,将鱼肉做好打包带回来。全家人一边骂她败家,一边照样吃得欢。

为了创作这幅《鱼骨玲珑狗》,她先后打磨了四万多根鱼骨,满手都是挑不出来的鱼刺。她为了创作,曾一连三天三夜没吃没喝也没动,最后晕倒在创作室里。她男人进进出出,拿她的画去换钱,居然没问过她是否吃过饭,是否累了,甚至都没认真看她一眼。她为了创作这幅画,眼睛从五百度的近视一下升到八百度;她为了创作这幅画,体重从一百一十斤瘦到了七十九斤,还落下了严重的胃病;她为了创作这幅画,像个疯子一样忽哭忽笑,忽手舞足蹈忽静如处子,以至于作品完成,她很久都不会正常地说一句完整的话。

有谁知道,她是在用生命创作啊!

这次争吵后,蒹葭对男人说:"你不去当演员真的可惜了,你完全可以无师自通,而且很快就会大红大紫。"

男人甩手就是一耳光,说:"这一辈子我吃定你了,有本事告我去!"

看着男人恶魔般狰狞的眼神,蒹葭的心彻底凉了。

十三年前的那个晚上,她还在钦州大学。那是将要到北京读研究生的毕业前最后一个夏天,这个男人冲入她的宿舍,拉着她不由分说地往外跑,两个人跑到学校门前公园里的一片空旷的草坪上,背靠背坐着。男人说,今晚有流星,拉她出来一起看流星。那个晚上,看到什么蒹葭已经记不得了,蒹葭闭着眼睛,倾听着彼此幸福的呼吸和心跳。清晨的露水打湿了他们的衣衫,湿漉漉的头发紧贴在他们的面颊上。他们很高兴,很幸福。她以为这个男人是浪漫的,以后的生活不会孤单。若干年后她才知道,这不是浪漫,是穷。因为看星星省钱啊!男人在谈恋爱期间没为她花过一分钱,却以这种看似浪漫的形式,将这个单纯的小姑娘轻而易举地骗到了手。

她第一次去男人家时,男人的父母让男人干什么男人就干什么,对父母言听计从。吃饭时男人先给父母夹菜,再给自己夹菜,绝对是一个懂事的乖乖男。她认为这个男人有孝心,有孝心的男人一定错不了。结婚后她才知道,她嫁给了一个不折不扣的愚孝男、妈宝男。为了替无理的父母狡辩,他不惜颠倒黑白,甚至没原则地一边倒,全家集体无理也要搅三分地压制蒹葭。

她和男人在街上走着,遇到男人的同学让他帮忙修改论文,男人没有丝毫犹豫就答应了。果然,回学校后男人便放下自己的毕业论文,日夜帮同学改论文。蒹葭认为热情、乐于助人的男人是靠得住的。结婚后才知道,男人在外面是个奴隶,在家是个皇帝。老婆生完孩子不到半小时,他就能扔下老婆去帮一个所谓的朋友发传单,一跑一整天不露面,最终也没交到一个知心好友。那些人只是在需要他的时候跟他联系,用完以后便老死不相往来。穷在路边无人问,富在深山有远亲,别人怕沾上他的穷气。他这种廉价的讨好换来的只有别人的轻视。

蒹葭在母亲极力反对的情况下,嫁给了这个号称"老北京""老贵族",实际上却一无所有的男人。听说早些年他家还有几间破旧的房子,后来那一片被划为危房拆迁区,他家可以选择要房子,也可以选择要赔偿款。他母亲算了一笔账,赔偿款的钱存银行,光利息就足够在北京租一套很好的房子了,于是他们选择了要钱。最开始的几年他们过得还算滋润,后来房租高了,他们再准备买房时,存银行的钱的利息已经远远涨不过房价,一家人犹豫再犹豫,结果当初六十万的赔偿款在北京还不够买个厕所。再后来他外婆生病,他父母生病,那点钱就全花光了。他父母就挤在他母亲单位办公室里,他自己常年住校,偶尔回去,支张钢丝床勉强住下。

蒹葭想着贫穷是好事啊!贫穷的人才懂得珍惜,清贫人家娶一个媳妇多不容易,更应该懂得珍惜。

蒹葭真的认为其他事情没那么重要,只要男人对她好就行,至于钱,那不是问题,有双手就能创造财富。

果然,蒹葭从进京攻读研究生开始就在为两个人未来的生活打基础,她兼职三份家教和一份翻译工作。男人也一边工作一边继续深造,夫妻俩可谓比翼双飞,前景大好。

错就错在蒹葭。蒹葭一边学习,一边工作,业余时间还不忘她的老手艺——鱼骨画。一次偶然的机会,她的鱼骨画被学校推荐参展了,还获奖了。在媒体的报道下,蒹葭一下名声大噪,画也供不应求,日子一下子就过得敞亮了、顺遂了。

两年后,男人单位集资建房,优先解决已婚男女,蒹葭和男人如愿分得一套自己的小公寓,结束了租房生活。按说日子从此就过得顺风顺水了吧。

可就这么一间小小的房子却成了男人骄傲的资本,他动不动就在蒹葭以及蒹葭的朋友面前高傲地说:"你看嫁给我好吧!没有我你就得流落街头了。"起先蒹葭以为这只是个玩笑,没怎么当真,听一听,笑一笑就过去了。没想到男人把这句话当成了他的口头禅,什么场合都说,说得久了,有不明真相的也跟着说:"蒹葭你算是有福气哦!你看你一个北漂,要是不嫁给庄丰,你现在连个房子都没得住。"

蒹葭一下就愤怒了:"有你这样说话的吗?你不也住的是你老公的房子吗?男人要娶妻他不应该有个房子吗?何况这个房子还是在婚后集资买下的。按你们这样说,我要是不跟他结婚,他还没资格分房子呢!"

男人从不解释,呵呵一笑就算过去了。

蒹葭虽说心里很鄙视他,却也由着他。她理解一个穷得没有落脚点的人突然有了自己的小窝时的那种得意。

可这个小房子成了个导火索,蒹葭的婆婆但凡跟蒹葭不睦,都会霸气地说:"我住我儿子的房子,你管得着吗?你都住的是我儿子的房子呢,要不是嫁给我儿子,你现在还不知道在哪里流浪呢。"可怜之人必有可恨之处,哪个男人娶媳妇没有房子?这是多么自然的事情,怎么就成了他家理直气壮炫耀的资本了呢?

蒹葭那时候就在心里默默发誓,一定要靠自己的努力在北京买一套理想的大房子。

在蒹葭没有能力快速实现梦想的时候,蒹葭能做什么呢? 忍,忍,忍!

这个"老北京""落魄的贵族"丝毫不感到羞愧。蒹葭当年的包容、豁达、通情理不但没能增加她在这个家里的分量,反而给他们的感觉是没要彩礼、没要房屋、没要首饰,甚至是没要他们一分钱的蒹葭高攀了他们。当时乔乔举了一个很不恰当的例子:"你看朝阳公园不用门票,什么人都能进去,朝阳公园就没有神秘感。你再看看北海公园,一张门票几十块钱呢,进去的人就懂得珍惜了,景就耐看了,精致了,不认真仔细地游览美景都感觉对不起自己付的门票钱,不转完全程他就不舍得出来。女人也是这个理,好女人就是一道风景,不买门票的风景就不会令人向往,就不会被珍惜。爱情固然重要,可没有物质基础的爱情就是浮萍。"

蒹葭不去计较,因为确实住着人家单位集资建的房。男人的母亲说:"我家儿子优秀,上赶着要倒贴钱嫁过来的女人多着呢!让你捡了个大便宜!"

蒹葭咬着牙暗暗发誓,一定要尽快住上自己挣钱买的大房子,到时候看他们还能说什么。

于是蒹葭更勤奋,没日没夜地创作,订单像雪片一样接二连三地飞来。那几年艺术品价格日日看涨,蒹葭更有信心走上康庄大道了,她在怀孕期间也没停止过创作。

蒹葭生孩子之前，因为行动不方便，她让男人帮自己给一个客户送一幅画，顺便把钱收回来。

跟钱有关的事男人还是乐意去做的。他按照蒹葭提供的地址，倒了几趟车，将画送去了，收到一张二十万元的现金支票。这可能是男人有生以来见过的面额最大的一张支票。他拿到支票时甚至有些颤抖、惶恐、恍惚，他激动得语无伦次地说了一大串谢谢，说得买画的人都有些莫名其妙了。

以前蒹葭闲暇之余弄鱼骨画遭到男人及其父母的极力反对，蒹葭硬着头皮坚持了下来。自从这次收到这张支票，男人的思想迅速起了变化，从拿到那张二十万元的支票开始，他就心绪不宁，一幅小小的不起眼的画居然是男人起早贪黑辛勤劳作一年的收入。既然有一个不费吹灰之力就能下金蛋的老婆，那自己还需要那么辛苦干吗？

在此之前，男人还是感觉不真实、不踏实。这会不会是一次意外？老婆既没有宣传，也没有规模化生产，既不是名人，也没有名人捧场，既不去市场走动，也不应酬，她的画怎么就被人看好呢？画画和作家写作不一样，作家写作是可以无须应酬甚至无须出门的，鼠标一点，作品就发往了全国各地。但画家不应酬、不宣传、不参展，谁知道你啊！

男人越想心里越不踏实，感觉这件事没那么简单。

于是男人借蒹葭有孕在身行动不方便,主动要求帮蒹葭送画、收钱。蒹葭也确实不方便,每天白天上班,晚上熬夜作画,还要挺着个大肚子挤公交车给人送画,确实很辛苦。蒹葭以为男人总算看在孩子的分上知道心疼她了,她当然高兴。

实则不然。男人起初这么做是为了捉奸,后来这样做完全是看在钱的分上。因为男人可以自作主张地将收回来的钱全部存入自己的银行卡里。男人嬉皮笑脸地对蒹葭说:"长这么大也没见过这么多钱,让我过过瘾。"蒹葭想了想,觉得也是,就由他了。再以后男人又说:"放在你卡里和放在我卡里有什么区别?"蒹葭想想,觉得也是。

蒹葭就是这么一个没心眼的人,在经济上从不计较,若要计较,当初就不会嫁给一无所有的他了。一家人嘛,没关系,男人不抽烟、不喝酒,也不赌博,一直过着苦日子,生活上还是很节俭的。他从没给蒹葭买过一件像样的礼物,也没给他自己买过一件像样的物件。最主要的是,男人的父母身体不好,经常找他们要钱,今天三千明天五千的,很麻烦,他家的事情就让他自己去解决吧。

蒹葭是这样想的,也是这样做的。可一个贫穷的人突然间一夜暴富,往往就容易忘乎所以。首先,男人辞掉了工作,甚至还鼓励蒹葭辞职,在家专职创作赚钱,男人给蒹葭当专职经纪人。蒹葭创作有限,市场上自然而然物以稀为贵,行情都是由买画人自己抬高的。蒹葭经常收了定金,签了合同,却三五年都无法履行合同。主要原因是男人经常先应付他的临时客户,有时蒹葭的作品还是半成品时就被他偷着拿出去卖了。他还一再劝蒹葭偷工减料:"画这个东西多一笔不多,少一笔不少,反正又看不出来。鱼骨画更是如此,用一万根鱼骨和五千根没有太大区别。这个画派又没有竞争,规格和水准都是你自己说了算,何必那么认真呢?"

蒹葭不想跟他争论,依旧按照自己的标准来创作,男人也依旧按照自己的计划行事。

很快,蒹葭执意要换大房子,于是就有了大房子。

蒹葭看别的男人都有车了,为了让男人更有面子,也买了车。

为了不跟婆婆发生矛盾,蒹葭还提出给婆婆也买一套房子。男人以及男人的家人自然欣喜若狂。

房子买了,公婆却没住一天,辜负了蒹葭的一片好心,也辜负了蒹葭的良苦用心。公婆按照自己的想法将房子租出去了。蒹葭想给公婆买房就是想让公婆搬出去住,这样婆媳之间就少了很多矛盾。以前不让他们搬出去是因为没地方可搬,现在蒹葭给他们也买了同样面积的大房子,让他们搬出去也在情理之中。可公婆不那样想,买房子可以作为投资用,北京房租高,租出去可以帮他们挣到不少钱。

蒹葭心里跟明镜似的,他们要挣房租只是其中一个原因,主要还是婆婆认为儿媳妇会赚钱了,就会骄傲,怕自己不在跟前,儿媳妇欺负她儿子。所以她无论如何都得和儿子住在一起,时刻护着儿子。

婆婆说:"我本地人能叫你一个外地人欺负了?"

在婆婆心里,蒹葭再会赚钱,对他们再好,也是个外地人,也是个外人。

蒹葭将此事跟大姑姐庄蝶说了。庄蝶顾左右而言他:"我妈说得对,房租也是钱啊!你们的房子空着也是浪费,他们还能帮你们看孩子,住在一起也蛮好的,方便。"

那就这样吧!在买房子这个事情上蒹葭还是生了一点闷气。蒹葭出钱给公婆买房,公婆却将房子登记在了蒹葭男人的名下,这事没跟蒹葭商量过。而蒹葭给自己买的房子,当时因为在哺乳期,是男人和他的父母一起去交的钱,男人也没跟蒹葭商量,就自作主张地在购房合同上只写了他一个人的名字。事后男人解释说:"写谁的名字不都一样?都是婚后共同财产,你计较那么多干吗?难道你想离婚啊?"蒹葭没想过离婚,也就懒得去计较了。而蒹葭出钱给公婆买的房子,公婆又在房产证上只写了男人一个人的名字,蒹葭感觉很别扭。

蒹葭总是这样一忍再忍,一让再让。她总认为,只要能过得去就行,看在钱的分上,他们也不至于太出格吧!

日子在磕磕碰碰中总算红火了起来。蒹葭好了伤疤忘了疼,不再去计较当年住小房子时所受的侮辱。她一直认为,家不是个讲理的地方,家和万事兴,一家人平安就是幸福。

好日子没过多久,矛盾又来了。日子红火了,蒹葭的画却不好卖了。因为男人经常拿半成品出售,市场上就开始有人模仿,一时间导致鱼骨画市场鱼龙混杂,蒹葭的画价也开始一日不如一日。男人把责任全推给蒹葭,认为是蒹葭不上进、不创新。公婆见蒹葭不吭气,就直接逼问:"你是傻呢还是自以为是惯了?以为有两个钱了就牛气了?在北京这点钱也算是钱?你再不上进,怎么养孩子?你知道养个孩子多费钱吗?你要不是画画的料就赶紧放弃,别把我儿子也拖下水了。他为了扶持你的创作,放弃了他所有的爱好和工作。你是想把一家人都拖垮吗?"

蒹葭不能反驳,她的反驳是那么无力,有时还会招来男人的拳打脚踢。她一个弱女子,怎么会是这样一家人的对手呢?

她的这些心事只能跟乔乔说,乔乔毫不犹豫地劝她放弃,说婚姻不是靠委屈来成就的,无条件的忍让就是在助长坏人的恶!

蒹葭心里又何尝不想离婚呢?可蒹葭不能离婚啊!这桩婚姻是自己义无反顾地选择的,当初父母是不同意的。如果离婚了,亲戚朋友不都看笑话吗?自己从小就是在单亲家庭长大的,父母的离异给自己幼小的心灵造成了很大的伤害,自己离婚,不说父母有多么伤心,幼小的孩子不又得受伤害吗?自己当初做出这个选择时就下定决心,以后不管好坏就是这个男人了,只要能过得去就行。

忍吧!忍一忍就过去了。除了自己的母亲是真心心疼自己以外,不会有人真正在乎自己的死活。

蒹葭对这一家人是不抱什么希望的,因为你无论怎么对他们好、对这个家好,对他们来说,蒹葭依旧是个没有血缘关系的外人。

没有血缘关系,没有感情还不是最可怕的,最可怕的是蒹葭这个没有血缘关系的人还要为这个家干活、挣钱,这家人却千方百计地对付她。他们丝毫不认为现在拥有的一切是蒹葭带来的,反而认为是他们的儿子全力以赴地支持的结果,没有那个可以帮蒹葭送画的男人,蒹葭是不可能挣到一分钱的。用婆婆的话说:"没有我儿子就没有你的今天,是我儿子成就了你。"

公婆退休在家,男人辞职在家,只有蒹葭一个人在外奔波,全家人没事就将眼睛盯着蒹葭一个人。说一个人的好不容易,但挑一个人的刺太容易了,就连垃圾没及时带下楼也是蒹葭错。

公公、婆婆在外哪怕是跟扫大街的人发生冲突,回家生闷气,男人第一个想到的就是让蒹葭去给他父母赔礼道歉。

兼葭说:"为什么?"

男人说:"我妈不高兴了。"

兼葭说:"她不高兴跟我有什么关系?"

男人说:"尊老爱幼是人之美德啊!你赔个礼道个歉她就高兴了。她是我妈啊,怎么就跟你没关系呢?!"

兼葭说:"冤有头,债有主,谁惹你爸妈不高兴了就叫谁赔礼道歉啊!我去赔哪门子礼,道哪门子歉!"

男人说:"也行啊!你能让惹我爸妈不高兴的人向他们赔礼道歉也行。"

兼葭哭笑不得地说:"你怎么就活得这么屃,还是个男人吗?别人欺负你爹妈,你没本事跟人理论,只会回来欺负你媳妇。那别人欺负你媳妇和你孩子时还能靠得上你吗?我还要你这个男人有什么用?"

一句话捅了马蜂窝。公婆冲了进来,又骂又跳,摔盆砸碗。婆婆还坐在地上哭闹不休,说儿媳妇翅膀硬了,敢跟他们顶嘴了,敢骂儿子了,这家过不下去了,她不活了。

男人就更来劲了,命令兼葭必须赔礼道歉:"这下你总该赔礼道歉了吧?这下总是你惹我父母不高兴了吧?"

每次遇到这样的事情,兼葭总是惊愕地看着这一家人,连哭的力气都没有了。男人还得理不饶人,将兼葭的领导、同学和朋友喊到家里评理。男人说:"我妈去菜场买菜,受了委屈,我叫蒹葭去哄哄,给我妈赔个礼道个歉怎么了?你说她一个知识分子,连这点道理都不懂,尊老爱幼是中华美德啊!"

蒹葭的领导和朋友都听得云山雾罩的,不知道他在说啥,既然他这么兴师动众地将他们请来了,既然他唾沫星子乱飞句句不离中华美德,那这个事情可能真的是蒹葭错了。那蒹葭又错在哪里呢?

"捋一捋,捋一捋啊!你妈是去买菜,在外面受委屈了,还是在家里受委屈了?"蒹葭的领导说。

男人说:"在外面受委屈了。"

领导说:"冤有头,债有主,这跟蒹葭有什么关系呢?"

男人急得跳了起来:"你们是被蒹葭收买了吧?怎么就跟她没关系呢?那是给家里买菜啊!蒹葭难道不是家里的人吗?她难道没吃菜吗?"

大家更糊涂了,这是哪跟哪啊!

清官难断家务事。大家听了一下午也没听出个所以然来。最后有一个朋友说:"你们还有其他房子嘛!让你父母与你们分开住吧!现在哪还有年轻人跟老人一起住的?分开了,矛盾就少了。"

男人更气了:"我父母辛辛苦苦将我养大,现在好不容易我

缘来如此 107

有条件能报答我父母了,你却叫我将父母赶出去分开住,这像话吗?"

蒹葭气呼呼地说:"好不容易有条件报答父母了?这是你创造的条件吗?对,也算是你创造了条件,因为你娶了个好媳妇。"

大家惊愕不已,没想到在人前风风光光、热情善良、勤劳本分的蒹葭,在家里的日子居然过得一团糟。公婆不讲理还情有可原,可男人怎么也是这般?蒹葭这样委曲求全,到底图什么?为什么?

这一家已无可救药了。大家心疼地看了蒹葭一眼,悄悄地离开了。

蒹葭也是有苦说不出,刚结婚那会儿,也经常遇到这样的事,她原以为是哄老人开心呢!于是每次男人叫蒹葭去赔礼道歉,蒹葭都半真半假地去哄他妈开心,只当好玩,哄一下,老人开心了,全家都开心了,也没什么。因为那时候蒹葭对男人是有感情的,男人对蒹葭也还有些感情。没想到这样的事情发生的次数多了,成了习惯,只要他父母不开心,男人就认为是蒹葭的错,蒹葭都应该去哄他们开心。哄得不好,一家人便把矛盾一致指向蒹葭,闹得楼上楼下都不得安宁。

蒹葭惊恐万状地看着这个看似豪华、温馨的屋子,看着一针一线,甚至每一个螺丝钉都是自己置办的家,再看看男人一家,蒹葭感觉到了地狱般的寒冷。

这样的日子不能过了,你用真心照明月,奈何明月永远照沟渠。这样的日子,蒹葭看不到希望。

蒹葭闹过离婚,全家便拿孩子当挡箭牌,也请他人来劝解:"成立一个家庭多不容易啊!都这么大年纪了,孩子也大了,为这点鸡毛蒜皮的小事闹离婚不怕别人笑话啊?知道的人知道你的不易,不知道的人还以为你有点名气便瞧不起人了,这说出去对你的名声也不好啊!"

婆婆这时候也能稍微安静几天:"你们的事情我们以后一概不过问,你说咋样就咋样,我们还能活多久?以后我们就装聋作哑好了。"

公公对蒹葭说:"你要离婚了就永远再见不到爸爸了,我会从此消失。"

公婆都拿死来威胁了,蒹葭能怎么办呢?话都说到这个分上了,那还是先将就着过过看吧。因为男人有时候对她还是挺好的,比如,他心情好的时候也会帮蒹葭捶捶背、削个苹果什么的。

日子再次让蒹葭充满希望地过着。两个老的也还能消停个十天半月。男人看到父母不能随心所欲了,认为父母受委屈了,于是又开始作妖了:"婚是不离的,我就拖死你。想自由?门儿都没有!"

男人这样做不为别的,就是感觉父母的消停是受蒹葭欺负的缘故——你不让我父母痛快,我就让你生不如死!

是的,蒹葭不是祥林嫂,所有的苦难都往肚子里咽。自己的父母和妹妹都认为蒹葭是掉到福窝里了,有公婆帮忙带孩子,帮忙做饭看家,男人黄赌毒不沾,夫妻两人又都是高级知识分子,蒹葭长得漂亮,又有一门好手艺,这是多少人羡慕的生活啊!每当有人说起时,蒹葭也是不置可否地笑笑,更是引来了无数人羡慕、嫉妒的目光。自己的日子自己过,好与不好跟别人没关系,这个世界除了跟你有着直接血缘关系的人以外,很少有人希望你比他(她)过得好。你将自己的不幸告诉他人,但谁会真心帮你呢?只会换来一大堆虚情假意的唏嘘,转过身都是嘲笑。

有一次,蒹葭生病,在医院输液,乔乔在医院陪着蒹葭,并态度坚决地给蒹葭的男人打电话,男人找着种种借口一直没露面,乔乔就生气地说:"这样的男人要他干吗啊?还不如离了,少受些伤害。"

蒹葭说:"离,回去就离了!"

就这么一句无意中的话被护士听去了,几个月以后蒹葭再次去医院看病时遇到那个护士,护士第一句话不是问蒹葭哪里不舒服,而是兴奋地问:"哎,你上次说离婚,离了吗?"

蒹葭大吃一惊,生气地说:"谁说我要离婚了?"

护士也生气地并理直气壮地说:"你不是自己说要离婚的吗?我关心你,问问你,咋了?"

蒹葭说:"你还是关心好你自己吧!我的事就用不着你关心了。"

护士打完针,黑着脸离开了。不一会儿,蒹葭就听见一群护士在外面议论蒹葭离婚的事。

还是那个护士说:"明明是她自己说一回去就离的,自己说话不算数还嫌我问了。"

其他护士也跟着附和,并用鄙夷的眼光不时瞟一眼蒹葭。有个护士:"离个婚又不是啥了不起的事,干吗那么心口不一?没那个本事离就别说那个大话。"

通过这件小事情就可以反映出一部分人心。所以蒹葭更加不愿意在外人面前轻易诉苦,甚至有许多事情连乔乔她都不愿告诉。不是她不相信别人,而是她知道诉苦是没用的。

蒹葭经济宽裕了,房子大了,男人为了自由与她分床而眠。男人晚上玩微信、聊天、撩妹、玩游戏,不亦乐乎,蒹葭也管不了他。结婚以来,公婆就一直和蒹葭他们住在一起,那时是没有办法,后来换了大房子,婆婆心里的阴暗就凸显出来了。每次蒹葭男人一进蒹葭房间,婆婆就不高兴,不是在门口咳嗽就是在门外骂人:"一辈子没见过婆娘,丢你的先人!"蒹葭生病两天独自躺

缘来如此　111

在床上,男人进来不是嘘寒问暖,而是坐在床沿上板着脸说:"郑老板的画后天就要送了,你得加班赶出来啊!"蒹葭生气地说:"你没见我病了吗?"男人说:"病了上医院啊,躺在床上病能好?!我看你好得很呢!哪像是生病了?赶快起来干活吧!"说着,转身离去。

蒹葭感到震惊,眼泪汪汪地看着男人远去,心里什么滋味都有。她为这个家含辛茹苦,将一个破落的京城老贵族的牌子又扛回来了,他们一家没一个人对她有一点感情,那个曾经用身子保护过自己的男人怎么突然变成这样了?那年,为写论文找素材,蒹葭和男人在四川白玉调研,其间,恰巧遇到玉树大地震,白玉地区震感强烈,男人毫不犹豫地扑了上去,将蒹葭压在身子底下,说:"让我死好了,你不能死!"这件事让蒹葭足足感动了十几年,至今难忘。这明明是个好男人,怎么突然就变成今天这个样子了呢?

蒹葭开始怀疑自己,以为自己在梦中,眼前的一切不是真实的,肯定不是真实的,她希望早点从这个噩梦中醒来。

但这分明又不是梦,她掐自己感觉很疼,疼得不能自已。她又开始怀疑人生,我到这个家里来干什么?我为什么要为这个家如此付出?这个家跟自己有关系吗?确实没关系!除了儿子,没一个人与自己有血缘关系。没血缘关系也不可怕,可怕的是他们没一点感情,没一点人性啊!

女人啊女人,为什么要嫁人啊?!为什么要莫名其妙地受这些气和侮辱?

蒹葭坐月子期间,由于房子小,没让母亲来。可整个月子期间男人愣是没给她洗过一双袜子,蒹葭剖宫产十个小时后拔掉止疼泵自己去医院卫生间洗自己的一身血衣。蒹葭生产后第十二天就开始自己做饭,第十八天就开始高强度地工作。她如此辛苦只为尽快让这个家脱贫,让全家能过上好日子。月子期间,蒹葭瘦了,男人肥了,因为公婆给蒹葭一碗吃的同时也给男人一碗。蒹葭一天吃四顿,男人就跟着吃四顿,蒹葭吃不完的也是男人的。蒹葭月子坐完,男人已经像气球一样鼓起来了,蒹葭却消瘦了下来,因为婆婆做的饭实在入不了口。月子期间女人要喝汤,婆婆无论买回来什么都是直接下锅煮熟就完事了,猪蹄汤不说去腥,做熟后盐都不放一粒,其他的食物更是难以下咽,所以逼迫着蒹葭在生完孩子后的第十二天就自己下厨房做饭。蒹葭有时看着婆婆都感到恍惚:"这样的女人有什么用啊?怎么还有人要?而且公公还一辈子对她言听计从。"

婆婆要长相没个长相,一副寡妇脸,见谁都像别人欠她三百万似的;要身材没身材,前面跟个棺材板似的平整,后面屁股大得出奇,整个一畸形,走路还有点罗圈腿,说话尖酸刻薄,吵不过别人就一哭二闹三上吊。一件花棉袄能穿一个冬天,因为她一个冬天都不曾洗澡,甚至不洗脚。这确实是个奇葩婆婆,也只有公公那种没出息的男人才稀罕这样的女人吧!

婆婆做的饭,味道那是真不敢恭维,只能凑合着吃。菜基本上是大烩菜,各种菜放在一起煮,煮熟后撒把盐,滴几滴油就成了。原本就不爱吃饭的蒹葭,看到婆婆做的饭就更不想吃了,只要不饿死,垫吧一点就行。

当然,这是人家的饮食习惯,蒹葭不想去计较,一家人也没有什么可计较的。吃不下就自己做,干活又累不死人,坐月子时自己洗衣做饭也没什么大不了的。母亲打电话来问长短,蒹葭总是说:"好着呢,好着呢!"可是不回答好着呢又能怎么办?

往昔的浪漫早已经被金钱洗刷得荡然无存,生活就在蒹葭的忍让中艰难前行。不是说贤惠的女人有人爱,自强自立的女人有人疼,懂事顾家的女人有福气,大度能忍的女人幸福几代人吗?蒹葭下得了厨房,上得了厅堂,善良、聪慧、有爱、孝顺、自强、豁达,怎么日子却越过越难呢?

书上说贫贱夫妻百事哀,他们共同走过闻鸡起舞、废寝忘食的日子,苦中有乐啊!可现在呢?日子已经过得无一不备、无所不有、巨细无遗了,按说应该舒畅一些了吧!

然而,心中有恶鬼,阴沟能翻船。

如果说家庭琐事已经让人疲惫不堪,那么接下来发生的事情就更加惊天动地了。

11

事情的经过是这样的。有一次,著名画家余天成来到蒹葭的画室,想看看蒹葭的画。余天成八十有余,身体不怎么好,来的时候有司机开车,还有护理人员陪同,同行的还有其他画家。蒹葭和男人一起站在楼下迎接。画室在三楼,没有电梯,得爬楼,楼道昏暗。出于对这位泰斗级画家的尊重,也出于对老年人的保护,上楼时,蒹葭小心翼翼地扶着余天成的胳膊一起上楼,其他人紧随其后。

为了照顾家里的老小,蒹葭将画室租在离自己家很近的一个小区里,两间四十多平方米的小房子拆了门并为一间,虽然简陋,但也整洁。蒹葭一有闲暇时间就独自在这个屋子里度过属于她一个人的自由时光。

由于上有老、下有小,还要上班,蒹葭能挤出的创作时间非常有限,因此蒹葭的作品数量也很少。

余天成在画室里随便看了看,很不屑的样子,问了一些专业的问题,蒹葭也不懂。余天成就礼貌地想离去。

能得到余天成的指教毕竟是多少画家梦寐以求的事情,今天余天成能移驾蒹葭的画室,这对于蒹葭来说是三生有幸、蓬荜生辉的大事,蒹葭怎能错过这次请教的机会呢?

蒹葭小心翼翼地从床底下拿了几幅画请余天成指教,因为这几幅画蒹葭一直藏着,怕被男人发现又偷拿去卖了,她舍不得卖。

余天成先是漫不经心地看了一眼,但是只此一眼就被吸引住了,他颤抖地抚摸着蒹葭的画,就像蒹葭的男人当初摸着那二十万元的支票时一样激动。

余天成再三问:"这真是你的作品?"

蒹葭点了点头,同时斜眼看了一眼男人,她明显感觉到男人眼里全是怒火。

这几幅画里就有一幅是后来惹祸的《鱼骨玲珑狗》。余天成对这幅画爱不释手,其他几位画家也对这幅画给予了很高的评价,认为这幅画价值千万以上,让蒹葭不要轻易出手,更不要廉价出手。余天成说如果可以,他愿意花一千万收藏这幅画。

男人像疯了一样地扑上来抓住画就塞给余天成,激动地说:"成……成……成交!"

蒹葭愤怒地将男人拉开,毫不犹豫地拒绝了。

余天成很尴尬,也不好再说什么,于是说:"这事不勉强,你们夫妻俩商量好了,随时跟我联系。"并邀请蒹葭有空去他的画室做客。

说着,一行人就匆匆忙忙地走了。

客客气气地送走余天成后,男人立马变脸,怒气冲冲地将蒹葭拉回画室,两人大吵了一架。男人说:"我为了让你出名,不惜辞掉工作扶持你,你居然对我藏私,为什么把这几幅画藏起来不让我知道?你说这是为什么?你是给哪个野男人藏的?"

没有道理可讲,自己的作品自己收藏几幅怎么了?

蒹葭不会吵架,更不会骂人。她流着眼泪狠狠地盯着男人,心里的仇恨如同一团烈火,她想烧掉全世界。

男人在金钱面前如同一个变异的怪兽,蛮横无理且破坏性不亚于烈火。他像疯狗一般语无伦次地张嘴乱骂。蒹葭也失去了理智,她疯了一样地向男人撞去,可还没等她扑上去,男人就一脚踢了过来,将蒹葭重重踹倒在地。他抱起那几幅画就准备离去,蒹葭死死地扑上去,护着画不松手。可能是怕画被毁掉了吧,男人在猛踢了蒹葭数脚以后,扔下一句"你死去吧",然后扬长而去。

紧接着,婆婆就在家指桑骂槐,男人也黑着脸进出,一开口就骂蒹葭不要脸。而且全家人如此这般对待蒹葭从不避讳孩子,使得孩子也脾气暴躁,满嘴脏话。蒹葭痛在骨髓却无计可施,更无力挽救这个家了。

其他事情可以忍,无缘无故骂自己的女人是婊子,这就太过分了。

蒹葭说:"你们这样无缘无故地侮辱我,又是什么好东西?"

男人气势汹汹地说:"院子里的人都看见了,你为了巴结余天成,都搂着人家上楼,你不嫌丢人,我还嫌丢人呢!"

蒹葭如五雷轰顶:"你们口口声声说尊老爱幼是人之美德,我蒹葭到底做什么了?院子里的人羡慕嫉妒恨,见不得你过得好,难道你的眼睛也瞎了?你可是一直都在啊!遇到这种事情,你若是一个还有一点用的男人就应该制止啊,怎么能跟院子里的长舌妇同流合污,给自己的媳妇泼脏水?这样是能往你脸上贴金,还是能给你带来巨额的利润?为了那一千万不惜这样诋毁自己的女人,说你这样的男人是男人简直是对全天下男人的侮辱!"

又是一通吵闹和拳打脚踢,这已经成了蒹葭生活的全部。

这天晚上,年仅5岁的儿子看奶奶在生气,故意过去逗奶奶开心,没想到被奶奶一掌推倒在地,摔得孩子满嘴是血。蒹葭抱起孩子的一刹那,感到天地一片漆黑。

一而再,再而三的打击,让蒹葭都失去了活下去的勇气,士可杀,不可辱,连自己的男人都这样睁眼说瞎话,还有什么情分可

缘来如此　119

言？蒹葭将孩子送到院里一个小朋友家，回来冲进厨房，拿出一把刀，疯了一般地冲向男人。男人和他的父母吓得夺路而出，逃出很远还在辱骂她。

蒹葭完全失去了理智，挥刀先是朝家具、门窗砍了下去，最后朝自己砍了下去，她丝毫感觉不到疼痛，因为她的心比刀砍的还痛。

乔乔不知什么时候跑了进来，看见满身是血的蒹葭还在挥刀朝自己砍，她没有夺过蒹葭手里的刀，而是直接扑上去，抱住蒹葭，挡住了蒹葭砍向她自己的刀。

蒹葭终于没力气了，乔乔抱着蒹葭哭得死去活来，两个血人的哭声引起了邻居的注意，邻居赶紧叫回男人和他的父母，在邻居们的帮助下才将她们送往医院抢救。

"这样的日子有什么可过的？！"蒹葭咆哮道。

蒹葭对乔乔絮絮叨叨地说："换任何一个女人都离婚了，以前没离婚只能说我自己傻。为了一个不值钱的面子，最后连里子都掉光了。已经过到绝路上了，再不离，我只能是死路一条。"

乔乔非常赞成蒹葭的决定，说："人生短暂，真不该把宝贵的时光浪费在一群毫无人性的人身上。当一个烂人把你逼到绝境的时候，你绝对想象不到下一步还会发生什么事。当你的生命都无足轻重的时候，你还有什么面子和尊严可言？离吧！离了还能活,不离根本就活不了了!"

兼葭麻木地点着头。想当初她执意要跟这个男人的时候,母亲坚决不同意。兼葭说,路是自己选的,她不后悔。她的人生信条是撞了南墙也不回头,所以在这个问题上她总以为自己的智商、情商是很高的,自己是可以解决这些问题的。她像一个博爱的天使,不停地播撒着她的温暖和爱,她不相信过不好自己的日子。但她忽略了一个很重要的问题:一棵小树,它的根是歪的,那么长大了它的干绝对直不了。一个人的本性是自私的,千万别指望他能变得无私。

男人多次约乔乔,向乔乔说兼葭的各种不是。男人对乔乔说:"我没有做错什么,我这都是自然的流露,我不喜欢违心,更不喜欢演戏。"

乔乔听到这句话时比兼葭还愤怒,大声骂道:"你对老婆好肯定是违心的,你对别人的老婆好肯定是自然的流露;你好吃懒做是自然的流露,努力去工作是违心的;你自私和自以为是是自然的流露,为家庭和社会做任何事情都是违心的;你对你自己的父母愚孝是自然的流露,跟你丈母娘好好说一句话是违心的;你每天不思进取、为所欲为是自然的流露,你每天哪怕洗自己的碗都是违心的;你每天数钱是自然的流露,你每花一分钱都是违心的。你以为你是谁呀?满世界就你最真实,你还想三宫六院七十二妃呢？你还想全世界的银行都是你家的呢？这些都是你自然的流露，你怎么不去实现呢？你不喜欢演戏，别人对老婆好、日子过得好难道都是在给你演戏？你以为你是谁呀？全世界的人都在那里演戏给你看?！你也真看得起你自己!"

在蒹葭要离婚这件事情上，乔乔是举双手赞成的。乔乔鼓励孟非子大胆追求蒹葭，像蒹葭这样的女人太不容易、太苦、太难了，她需要有一个男人真心疼她，给她呵护和关怀，给她幸福和关爱。

孟非子也没想到蒹葭的日子会是这样的。这么一个冰清玉洁、温良可人的女人，怎么会遇到这么一个狂妄、无耻的男人呢？

孟非子喜欢蒹葭，如果可以，他愿意将他毕生的爱都给蒹葭一人。可感情这件事情是一个巴掌拍不响的，蒹葭不愿意，他也不能强求。尤其像蒹葭这样的，家在外地，独在异乡，又自强自立好面子的女人，心中有多少苦只有她自己知道，再知己的朋友也只能体会三分。

孟非子找到蒹葭的男人，两人在茶楼坐了一下午。男人说得最多的就是他手里还有好几幅画，很不错的，可以便宜一些卖给孟非子。因为他知道孟非子的身份，这次乔乔帮忙约见，一听说是收藏家孟非子，男人立即答应了。

孟非子静静地看着男人，许久才说："我是蒹葭的大哥，是没有血缘关系的大哥，只有一面之缘的大哥，甚至她还不知道有我这么个大哥,没有你想的那么复杂的关系,是我一厢情愿地当她的大哥。我就是欣赏她,想帮帮她,可我知道你们之间有些矛盾,影响了她的心情和创作,所以想找你聊一聊,我很乐意帮你们调解调解。"

男人总算是找到一个可以说话的对象了,而且是主动找他讨论蒹葭的,他自然很高兴。因为蒹葭的朋友,凡是男性,庄丰能找的都找过了,一个成天无所事事,像老婆娘一样到处告自己媳妇的状的男人多么让人鄙视!而且告的状都是无中生有或者鸡毛蒜皮的事,或者是胡搅蛮缠、不值一提的事。人们没有那么多的时间听他说废话,所以都不怎么理他。他也知道蒹葭绝对不会去找他的家人或者亲戚朋友,因为男人家的人,自私自利,还死要面子,跟最亲的亲戚都很少走动。原本他家跟一个舅舅家还有来往,男人的表妹考研时借了庄丰母亲闲置且破烂不堪的办公室复习了两个月,后来这个表妹考得还不错,庄丰的母亲就在亲戚们面前炫耀,说:"要不是我给她帮忙,她怎么可能考上呢?"这种话说多了,自然就传到他舅舅、舅妈耳朵里了,舅舅、舅妈听了能高兴吗?自然也就不和庄丰一家来往了。

再说蒹葭也没有她男人那么无聊,也不会像她婆婆一样四处搬弄是非。家丑不可外扬,蒹葭想捂都捂不住,还能四处说吗?蒹葭也没时间去找谁说三道四。看似是他们在损毁蒹葭的名誉,其实是更让人瞧不起他们自己。

男人仿佛天生就是个说书的料,只见他坐在孟非子对面不急不慢地说起来:"她呀,有点小名气了,就不把我放在眼里了!看上当官的、有钱的人了,早就想摆脱这个家。怎么了?她找你来兴师问罪的啊?我跟你这样说吧,这样的女人太势利,谁有钱,谁有权,她就跟谁交往,为了自己的利益,她什么事情都干得出来的,比如说……"

孟非子说:"打住打住,那你是有钱还是有权呢?蒹葭为什么会嫁给你呢?你给了她多少钱?我怎么从她脸上看不到一点点幸福?"

男人大言不惭地说:"我把一颗心都给了她。"

孟非子说:"嗯!你的这颗心是给她吃了还是卖给她了呢?你认为你这颗心值多少钱呢?或者是为了利益自己卖了,然后又有多少是分给蒹葭的呢?"

男人愤怒了:"你怎么这样说话呢?你说值多少钱?这是无价之宝!她是让你来求我与我说和的,你就这么来说和?"

孟非子冷笑一声,说:"哦,难怪你这样说话呢!你是一个没有心的人,我也就没必要跟你计较。我也终于知道蒹葭为什么会那么善良、那么坚强、那么忍辱负重,因为她有一颗强大的心啊!不过你也太高看自己了,蒹葭为什么要向你求和呢?是我想帮你们解决问题,蒹葭压根儿就不知道我要约见你,因为她连我都不见,怎么会让我来替她求和呢?"

男人一转话题说:"她干的不要脸的事情我都看见了,她到现在都没脸跟我解释。"

孟非子说:"年轻人,说话不要太损,不要永远站在自己的立场上一厢情愿地想问题。捉奸拿双,捉贼拿赃,不要含沙射影,这样也有损你自己的形象!今生有缘做夫妻,是三生造化,在还有挽回余地的情况下,不要把话说绝了。若能相守,就不要放弃。拥有的时候你不懂得珍惜,一旦失去了,你就知道有多痛。"

男人漫不经心地还沉浸在自己的逻辑里,压根儿就听不进去孟非子在说什么。他不停地数落着蒹葭的不是,甚至将蒹葭扶着余天成上楼的事情再次渲染和扩大,听得孟非子恨不得一脚踹上去了结了他。

孟非子冷冷地看着他,发自内心地决定要呵护好蒹葭。真的,哪怕是把她当作自己的亲人,当作自己的妹妹来呵护也好。

男人还不忘说:"我做人真实,我做的一切都是真心的,我从来都不愿意违心地做任何事情。"

孟非子忍无可忍,说:"真实固然可贵,可是我们每个人每天都在违心地做着自己不愿意做的事情。你和你的家人如此对待蒹葭,难道蒹葭就真心想对你们好吗?蒹葭为什么要违心地对你

缘来如此 125

们好呢？难道她傻吗？爱心泛滥吗？人总是希望不劳而获,希望睁开眼睛就有吃有喝有人伺候,还有花不完的钱。总有些男人,自己一无所有还希望天下女人贱巴巴地对他言听计从,任其打骂。总有女人希望过着公主般的日子,自己的男人像哈巴狗一样被自己召之即来,挥之即去。这些也都是自然的流露啊！我们都应该去保留这些天性吧？这有什么错呢？因为我们没有违背自己的心意啊！那为什么我们都没有这样去做？为什么我们每天都在循规蹈矩地做一些违背自己心意的事？这是违背自然规律的,应该摒弃啊！你也是有孩子的人了,你每天教育孩子要好好学习,要团结同学,要尊敬师长,要勤于动手,要有爱心,要疼爱父母。你教育他,不也是违背孩子的意愿吗？难道孩子天生就想这么做吗？年轻人啊！就你自己过得最真实、最为所欲为？你太把自己当一回事了吧！醒醒吧,别自以为是了！"

谈话进行不下去了,孟非子埋单离去,他想这样的男人已经无药可救了,谁遇到谁倒霉,哪一天他想杀人放火了他还会为自己狡辩:"我不想违背自己的意愿,我这是自然的流露,你们不能剥夺我随心所欲的权利……"

孟非子离开茶楼,感到无比沮丧。他迫不及待地想见到蒹葭。他知道人在最困难、最无助的时候,最想要的就是通过一个拥抱来释放自己所有的压力和委屈,所以此刻孟非子只想给这个可怜的女人一个拥抱。孟非子想告诉蒹葭,无论她做什么决定,他都支持她,一个人支撑不起一个天平,感情的砝码应该是公平,而不是无条件、无节制地付出。

孟非子明知道蒹葭已经将他的号码拉黑了,但他还是自我安慰地拨打着蒹葭的电话,一遍又一遍。

就在孟非子一厢情愿地打着蒹葭的电话的时候,蒹葭正有气无力地躺在病床上,手里拿着一张跟床单一般雪白的纸,纸上写着"北京某某小区某栋某单元某号的房屋由庄丰父母赠送给庄丰,房屋所有权既不是夫妻共同财产,也不是家庭财产,而是归庄丰个人所有"。这份证明就是四年前的那个下雪的年三十夜,由男人执笔,男人的父母以及蒹葭认为是那个家里最有人情味的大姑姐庄蝶,一起偷偷摸摸起草、签字的。那一夜,蒹葭正在兴高采烈地给庄家所有的人做着辞旧迎新的年夜饭,而他们一家人却在神不知鬼不觉地算计着蒹葭,用一纸文书将蒹葭买的房子给偷走了。那一夜,他们无比高兴,他们自认为聪明地做了一件大事,不劳而获总是比拼命去积累让人兴奋多了。

那一夜,蒹葭也很高兴,她因为看到他们的高兴而高兴,却完全不知道那一刻自己已经被人算计。她依旧抢着干活,依旧起早贪黑地奋斗,憧憬着更加幸福的生活。

在这四年里,蒹葭压根儿就不知道自己辛辛苦苦挣钱买的房早已经被人偷走了,自己越奋斗反而越穷,越奋斗反而越一无所有。蒹葭为了生活,流尽血泪,个中辛酸向谁诉?

明的暗不了,暗的也明不了,见不得光的证明也自然会暴露出来。时隔四年,这份证明还是落在了蒹葭手里,那是蒹葭在寻找医保卡的时候无意中翻出来的。那一刻蒹葭明白了,狼终究是狼,再怎么养也不可能养成忠诚的狗。人穷并不可怕,可怕的是没有道德,没有尊严,没有骨气,没有底线。

蒹葭终于明白,一碗米养恩人,一斗米养仇人,蒹葭自认为对这个家的恩情是他们下辈子也还不清的,他们却非要将一个爱他们、愿意用生命去保护他们的家人变成一个兵刃相见的仇人。想想自己这么多年的付出,是多么痛的领悟,这个家以及家里的每个人都曾经是蒹葭的全部,十三年来蒹葭的每一步都走得很艰难。她始终不计前嫌,真心真意付出,却还是填不满这些人的贪欲。被爱是一种奢侈的幸福,无论蒹葭怎么做,都永远不能让他们满足。多么痛的领悟,再走下去,前方是否只剩下黄泉路?

雪白的床单笼罩着死亡的色彩和绝望的氛围。蒹葭想:活着怎么就这么难呢?我要怎么认真才算对呢?同样是女人,为什么别人的女人过着锦衣玉食、被男人捧在手心里的日子,自己却像个奴隶一样照顾一家人,还要拼命工作来养家?为什么孟非子对一个死去的人都能投入感情,而自己的男人面对一个如花似玉、活生生的女人，硬是没有一点理解和温存？为什么她越是为这个家努力付出，却离这个家越远？为什么他们享受着她给这个家带来的一切便利的同时，还对她这般冷漠、这般摧残？……

蒹葭想着想着，全身颤抖起来，她感觉自己十三年如一日为这个家所做的一切都不值得，她如泰山似的付出得到的却是如此的蔑视。不过是一纸婚书，他就把她当成私有物品任意挥霍、糟蹋。既然不想过了，那她就是她自己的，她的作品的处理权也属于她自己，她不欠谁的，她没有必要为谁的幸福去埋单。

想到这里，蒹葭艰难地从病床上爬了起来，颤颤巍巍地回到自己的画室，拿起那幅价值千万的画，一点一点将画撕成碎片，而后收拾行李，决定回到母亲身边整理一下自己的心情，舔舐自己的伤口，然后从头再来。

就在她走到离母亲很近的地方的时候，她改变了主意。她不能回家，不能让饱经苦难的母亲跟着担惊受怕，毕竟自己已是满身伤痕，这般模样会吓坏可怜的母亲。

"去哪里呢？我该去哪里呢？老天爷，你为什么要这样对我？我到底做错了什么？"蒹葭蹲在地上号啕大哭。

突然，蒹葭想到一个地方，她要去那里再看看，以便后半生擦亮眼睛，活出自己的精彩。于是她就来到了这个遥远的海边小城，直到遇到仓婆婆才停下脚步。

缘来如此 129

12

蒹葭在悲痛和恍惚中睡着了。傍晚时分,仓婆婆来到阁楼轻轻拍了拍蒹葭:"姑娘,姑娘,起来吃晚饭了。"

蒹葭哦了一声,像在母亲的家里一样。她幸福地伸了个懒腰,像只小猫般无声地下楼。

仓婆婆炒了三个不算精致的小菜,帮蒹葭拿来碗筷,让蒹葭先吃。而后仓婆婆盛了一碗饭,依旧碗底是肉,上面是饭,饭上还放了一团咸菜,然后端了出去,一会儿又空手进来了。

蒹葭小心翼翼地说:"还是给那个乞丐吧。"

仓婆婆叹了一口气:"可怜哦,都死光了!"

蒹葭不知道仓婆婆想表达什么,也不好意思问。两人就那么低着头吃饭,仓婆婆不时给蒹葭搛菜:"年轻人多吃点。"

这时又来人了,一个打扮得很艳丽的年轻女人没规没矩地闯了进来,一进来就用手抓桌子上的菜吃,边吃边说:"又捡个孩子回来了,还是个受伤的。"

仓婆婆说:"洗手吃饭!没规没矩的,没见家里来客人了吗?"

女人哦了一声,放下包,踢掉高跟鞋就去厨房洗手,而后两只手在短得不能再短的牛仔裤上蹭干,咋咋呼呼地坐下来开始吃饭。

仓婆婆像是随意似的给蒹葭介绍说:"我的重孙女。"

女人快速吃下一块红烧肉,嬉笑道:"嗯嗯。"

蒹葭笑了笑,朝年轻女人点了点头,算是打招呼。

年轻女人没规没矩地随意拨着菜,将她喜欢吃的菜一股脑儿地夹进嘴里,一边吃一边嘟囔:"又吃多了,又该减肥了。"

她斜眼看了下蒹葭,说:"蛮漂亮的嘛!晚上跟我睡,睡阁楼。"

仓婆婆说:"你自己睡吧。"

年轻女人说:"我跟谁睡?我在哪儿睡?"

仓婆婆说:"爱睡哪睡哪,你跟秋米睡我也不管。"

"不不不,怎么能跟秋米睡呢?你说爱睡哪睡哪,我就跟她睡了,或者说她就跟我睡了。"

仓婆婆颤抖着声音说:"你不要脸我还要脸呢!我说不行就是不行!"

缘来如此　131

蒹葭看仓婆婆和年轻女人谁也不让谁,以为仓婆婆是怕她碰疼了受伤的自己,连忙说:"没事的,我这伤口快好了,我们俩睡挺好的,楼上也挺宽敞的。"

年轻女人说:"你看,她都说一起睡了。楼上本来就是我的房间,每次你从外面捡一个人回来都待如上宾,我反而成捡来的了,我睡哪都跟你没关系,就算死了也跟你没关系,是吧?"

仓婆婆说:"你今晚跟我睡总可以吧?"

"你想什么好事啊,谁稀罕跟你个棺材瓢子睡觉?还让我跟你睡,好像是我占了你多大的便宜似的,谁稀罕跟你睡。"

蒹葭感觉这个年轻女人太无礼了,大声说道:"你怎么能这样跟你祖奶奶说话呢?"

仓婆婆拦住蒹葭说:"你别跟她计较,她没教养,也怪我没教好。"

年轻女人说:"你有什么资格教育我?你先把自己教育好了再说。你不要脸,我曾爷爷都死了七八十年了,你享受着烈士家属的称号和待遇,却明目张胆地等野男人。还骂我不要脸,没有比你更不要脸的了。"

仓婆婆气得发抖,拿起身边的笤帚一阵乱打,灰尘飞扬到食物上也不管不顾,最终颤颤巍巍地将年轻女人打了出去。

蒹葭将仓婆婆扶了进来,她不知道该怎么安慰仓婆婆,她感觉自己就是个灾星,怎么到这才半天时间,就发生了这么多的事情呢?

蒹葭给仓婆婆倒了一杯水,轻抚着仓婆婆起伏不平的后背,说:"老人家,谢谢您收留我,我以前在这里上过学,应该还能找到一些过去的同学和老师的。我想我还是走的好,弄得你们莫名其妙地吵一架,我真过意不去。"

仓婆婆拉着蒹葭的手心疼地看着蒹葭,说:"别理她,她就那个德行。你就踏实地在这里住着,想住到什么时候就住到什么时候,有我一口饭吃就饿不着你。"

蒹葭说:"您怎么不问我是谁,干什么的,从哪里来,要到哪里去?我这全身都是刀伤,万一我是个坏人……"

仓婆婆说:"我都97岁了,活了差不多一个世纪,什么都看明白了,这天底下哪有绝对的好人和坏人之分?人的本性都不坏,只是在不同的环境里遇到不同的难事才会有暂时的好坏。就拿那个讨饭的秋米来说,他曾经是我们这一带最抢手的好看的男人,父母是高官,他自己上过国外的一个什么名牌大学,回来也有好的工作,追他的女孩成群结队。可他偏偏是个同性恋,喜欢上了一个男人,他父母死活不同意,他就带着那个男人私奔。他父母知道后开车去追,把那个男人轧死了,他父母也掉到河里溺水身亡。可怜啊!之后这孩子就变成现在这样了,时而清醒时而糊涂的。你说他是好人还是坏人?"

仓婆婆拉着蒹葭的手说:"你不是个坏孩子,可能是遇到难缠的事了,我也不想问,每个人都有自己的秘密和心结,没什么大不了的。洗洗睡吧!我去给你找碘酒和药粉,我相信,明天一定会比今天敞亮。"

蒹葭感激地看着仓婆婆,这个活了近一个世纪、饱经沧桑的老人怎么就活得这么明白呢?什么难事在她这里都不算事,可分明她又比别人艰难得多。她到底是一个什么样的人呢?

蒹葭默默地帮仓婆婆收拾碗筷,还帮仓婆婆打了一盆热水,想帮她洗个脚,仓婆婆不好意思地推开了蒹葭,麻利地脱了鞋袜,自己快乐地洗了起来,好像刚才的事情从来没有发生过似的。

蒹葭也暂时忘掉了一切烦恼和忧愁,愉快地看着仓婆婆以及仓婆婆那双奇怪的小脚。她从没见过这么小的脚,还没有巴掌大,准确地说只有她的拳头大,小脚的形状也像个拳头,根本看不出脚的模样,脚背很高,估计什么鞋都穿不上去吧!她想象不出来这样的一双小脚怎么就能走过将近一个世纪的光阴。

仓婆婆穿的鞋和蒹葭脚上的拖鞋一样,都是她自己做的绣花布鞋,花绣得不精致,红花绿叶,稀稀拉拉的。仓婆婆看上去很喜欢自己的手艺,她的床上以及周围的柜子、椅子上都有她完工和未完工的小花鞋,仓婆婆顺手从笸箩里拿起一双正在绣的鞋垫给蒹葭看:"你看看,好看不?"鞋垫看上去很大,应该是男人的尺码,显然仓婆婆不是给自己做的。鞋子上绣有荷花,好像还要绣一对鸳鸯,只是还没完工,只能看见一只鸳鸯的头部。

蒹葭接过来,用手抚摸着,不由自主地接着绣了起来。其实她压根儿没学过绣花,可她有绘画、制画的功底,随手绣了几针,花和叶就变得有模有样起来。仓婆婆惊讶地看着蒹葭:"你会绣花?像你这样的年轻人还有会绣花的?"

蒹葭不好意思地笑了笑,放下鞋垫,说:"我不会,从没绣过,给您绣坏了吧?"

仓婆婆说:"那就更了不得了,从没绣过都绣得这么好,你这孩子真是心灵手巧啊!没事,你拿去绣着玩吧!我也是绣着玩,绣好了教教我。"

蒹葭笑了笑,接过仓婆婆递过来的碘酒和药粉,简单地处理了一下伤口。仓婆婆打开那闪着雪花片的14寸彩电,蒹葭看着实在眼花,于是就独自出门,街道黑乎乎的,路灯昏暗,她感觉整个世界都是浑浊的。蒹葭不敢走远,这阴森森的夜暗藏玄机,好像处处都是阴谋。蒹葭害怕阴谋。

夜风毫无原则地夹杂着海滩上的鱼腥味飘荡在街上,星星和月亮都息事宁人地躲了起来,整个夜晚一片消沉的景象。远处的废墟里影影绰绰,好像有人,可能是流浪汉在捡残砖、钢筋,抑或是在寻觅一个临时的窝。猫出狗进的,实在是没什么可看的了。蒹葭想,时隔十几年,这里怎么变化这么大呢?想想那年也是这个季节的晚上,花团锦簇的公园、霓虹灯闪烁的街道,一对年轻得能掐出水来的男女,他们很穷,手拉手坐在公园里数星星、看月亮,傻乎乎地笑,多么浪漫啊!如今公园不在、街道不在、那对幸福的男女也不在,岁月戏耍着多少男女?鸽子笼似的人家,把弄着多少故事?时光荏苒,一切都物是人非。人心都变了,还有什么是不变的呢?

  蒹葭在门口叹了一口气,退回阁楼。

13

　　由于天黑前睡过一觉,蒹葭现在怎么都睡不着了,听着楼下窸窸窣窣的,知道仓婆婆也没睡着。她探头看了一眼,仓婆婆正双腿跪在编织带上压着什么,手还在麻利地动着,压着一条一条编织带,过一会儿拿起来,编织带便变成了一个方方正正的菜篮子底。仓婆婆将不同颜色的编织带裁成一条一条的,两手翻飞地快速编织着,边编篮子边唱着跑了调的民歌《十恨》:"一恨奴的娘呀,奴娘无主张啊!男长大来女长长啊,还不说人家呀子哟。哇哇子哟,还不说人家呀子哟。二恨奴公婆呀,做事有差错啊!二十七八没出阁呀,还不迎娶我呀子哟。哇哇子哟,还不迎娶我呀子哟。三恨奴媒人呀,戳吃又戳喝啊!四季节礼把你吃呀……"

　　蒹葭睡不着,原想着下楼去陪仓婆婆坐一会儿,聊聊天,可当看到仓婆婆自娱自乐地享受着属于她一个人的宁静而安详的夜晚时,蒹葭又不好去打扰她。蒹葭想,可能仓婆婆只有在这个时间是忘我的,是最幸福的吧！她知道仓婆婆是在为她心爱的男人编织菜篮子,这个菜篮子就是仓婆婆的男人找到家的唯一标志。他们分开多久了？彼此是否都改变了模样？彼此见面是否还认识？只有这菜篮子才是永远不变的姻缘线,牵扯着他们的思念。人哪,要有理想和信念才能活得有滋味,才能活得长久。蒹葭可以肯定的是,仓婆婆之所以能够活到97岁还眼不瞎、耳不聋、手脚麻利、吐字清晰,就是因为活在自己的信念中。蒹葭相信,像这样的一位老人一定会活过百岁。

可刚才那个年轻女人说她曾爷爷都死了七八十年了,仓婆婆还是烈士家属,那仓婆婆等的这个老公俊熙又是谁,是干啥的？难道仓婆婆也跟秋米一样时而糊涂时而清醒,是伤心过度患上了癔症？

这真是一群奇怪的人。

蒹葭想着想着就睡着了。她太困了,好久没这样奢侈地睡觉了。都说女人的美是睡出来的,蒹葭想,她的美只能是天赐的,因为自结婚以来,她从没睡足过七小时,她甚至在想,若每天能睡八九个小时,那自己会是什么样子的呢？应该很美！

不知什么时候,一个身子很软的人挤到她的床上来了,确实弄疼了她的伤口。这是她受伤以来第一次感觉伤口疼,因为在此之前她的心远比伤口疼一万倍。蒹葭意识到是仓婆婆的曾孙女回来了，蒹葭本来睡的就是人家的床，人家回来跟她挤在一起睡也合情合理。疼就疼一点吧，忍忍就过去了。只是蒹葭不明白仓婆婆为什么这么反感她的曾孙女和自己睡在一起，好像不完全是怕她弄疼了自己的伤口。

蒹葭往里面让了让，女人顺势躺了下来，嘴里还嘟囔："就是，还是跟年轻人睡一起才舒服嘛！那个老不要脸的还想让我跟她睡，不知道她在想啥呢！这半夜不是她把我吓死，就是我把她掐死。"

蒹葭听不下去了，说："你怎么能这样说你曾祖母呢？太不像话了！"

年轻女人说："本来就是她不要脸。我曾爷爷都死了好几十年了，她却偏要说她老公是俊熙，俊熙没死，是个大英雄，他说好了要回来娶她的。她也不看她都多大年纪了，长成那样估计年轻时也好看不到哪里去，谁能看上她啊！还俊熙呢，这名字一听就是有知识、有文化、有身份、有地位的人的名字，也不知道她在哪里道听途说的，说不定是在电视上看到的什么人吧！你说人家都拆迁住上大房子了，她就是不走，说她走了俊熙就找不到她了，这不是神经病是什么？"

蒹葭说："那隔壁鞠婆婆不也没走吗？周围没走的人多

缘来如此　139

的是。"

年轻女人说:"人家都签字了,也都分下大房子并且装修完了,随时都可以搬过去住,就她死活不签字。说她是个钉子户吧,她又不给政府提要求,谁都拿她没办法。毕竟是烈士家属嘛,又是五保户,谁没事跟她较劲儿去?"

蒹葭说:"你这么见不得你曾祖母,那你怎么不跟你父母或者祖父母一起生活呢?"

"谁是我曾祖母?你说那个老不要脸的吗?我跟她没有一点血缘关系。她是我曾爷爷参军前领回家照顾我爷爷奶奶的人,她在外面有人,还生了一个孩子,又来抢我家的财产,那个野孩子后来被我爸打死了。我曾爷爷死在战场上,她却享受着烈士家属的待遇。哎呀,具体情况我也不知道,不说了不说了,困死了。"

说着,年轻女人打了个哈欠,抱着蒹葭睡着了。

天啊,怎么这么乱?什么烈士家属?什么她父亲杀了仓婆婆的儿子?这都是些什么乱七八糟的东西?

蒹葭想不出这个中的复杂,也不愿去想。反正这些都是非正常人,只当她们说的都是非正常的话好了。

蒹葭很不习惯跟一个女人挤着睡,而且这个女人还是光着身子睡觉,她更不习惯了。可是这个床又实在太小,两个人只能紧挨着。最主要的是这样睡真的让她的伤口很疼。但蒹葭能怎办呢?

蒹葭想翻身,可是年轻女人的胳膊压得她动弹不得,她难受极了,只盼着快点天亮,好快快离去。她隐隐感觉这个家很复杂,她原本是跑出来躲清闲的,她之所以不愿意去找老师和同学,就是怕他们看到自己问东问西,让她不得安宁。她自己的事情都还理不清呢,对别人的事情就更没兴趣了,现在却要无端地被搅到这些是非之中,这不是她想要的。

就这样迷迷糊糊不知道睡了多久,阁楼上也分不清白天黑夜,身边的年轻女人打着呼噜,蒹葭几次想起来都没能成功。不知道什么时候,一根木棍打在蒹葭身上,也打在了年轻女人的身上。

年轻女人跳了起来:"你神经病啊,还让不让人睡了?!"

仓婆婆更是不分青红皂白地打着:"你个作孽的,谁让你跑到这儿睡的?看我不打断你的腿!"

蒹葭忍着剧痛翻了个身,起来拉住仓婆婆,她不理解仓婆婆为什么这么反对自己的曾孙女跟她在一张床上睡。

蒹葭说:"没事,我们都是女人,挤挤就能睡下了。"

仓婆婆说:"她跟你不一样。"

蒹葭不知道这个女人跟自己到底有什么不一样。要说不一样,这个女人身上多了一些风尘气,但明明是蒹葭睡了人家的床。

缘来如此

空间实在太小,仓婆婆每打一下都能打到蒹葭,蒹葭的伤口就更疼了。

年轻女人也不是省油的灯,她用脚去踹仓婆婆踩着的木梯子,这要是踹下去,会出人命的。

蒹葭不顾自己的疼痛,扑上去拉住梯子,同时拼命地推开年轻女人的脚,才勉强把梯子扶住。这下完全睡不成了,蒹葭也就顺势随着仓婆婆下得楼来,婆孙俩却楼上楼下地骂着不堪入耳的脏话。

仓婆婆拉着即将虚脱的蒹葭朝门外走去。天好像还没有亮,也不知道是什么时辰。仓婆婆拉着蒹葭敲响了鞠婆婆家的门。

仓婆婆说:"鞠太婆,是我,快开门!"

蒹葭拉着仓婆婆说:"您这是干吗呀?这么早打扰人家干吗?"

仓婆婆说:"你别管了,听我的安排。"

鞠婆婆嘟嘟囔囔地开了门:"又怎么了?"

仓婆婆说:"让这个姑娘住在你家吧!我家那个不省事的回来了,硬要跟人家姑娘住,我怕害了姑娘。"

鞠婆婆半睡半醒地说:"进来吧!那边有个钢丝床,睡去吧!没其他事吧?"说着就关了门。

蒹葭本想跟仓婆婆和鞠婆婆说不用麻烦了,她坐下来休息一会儿,等天亮了就离去。可她还来不及说什么,鞠婆婆就已经关上门了。

蒹葭确实感觉很累,很虚弱,再不歇一会儿她就要撑不住了,于是也就不再客气。屋子里没有亮灯,黑乎乎的,她只能凭着鞠婆婆指的方向,跟跟跄跄地向那个钢丝床摸索着爬过去。

鞠婆婆摸着黑找了一床毛毯向蒹葭扔了过来,而后窸窸窣窣地向一边走去。紧接着,蒹葭听到尿盆里哗啦啦的小便声,然后是鞠婆婆摸黑过来给蒹葭盖被子的声音。

蒹葭说:"谢谢您!您快睡吧,别摔着了。"

鞠婆婆说:"没事,我都习惯了。"

蒹葭闻到满屋子的梵香味,深呼吸一口,顿时感觉舒畅了许多。

鞠婆婆说:"我这地方也小,你呢,将就着睡吧!正好今天黄居士走了,否则还没地方让你睡。"

"谢谢!您和仓婆婆都是好人哪!"

鞠婆婆说:"别谢我,谢谢仓婆婆吧,我一辈子吃斋念佛都达不到她的修为。她可是个好人哪,做了一辈子好事。人们常说好人有好报,她怎么就没一点福报呢?"

蒹葭说:"仓婆婆跟她那曾孙女闹得很凶,不会出啥事吧?"

鞠婆婆说:"没事的,你快躺下吧。"

缘来如此

兼葭心绪不宁地躺下,顿时感觉好多了,于是出于礼貌,有一搭没一搭地和鞠婆婆聊了起来。

兼葭说:"仓婆婆为什么不让我跟她曾孙女睡一张床呢?"

鞠婆婆说:"哪个?哦,你说那个孩子?睡不成,睡不成。"

兼葭说:"我没发现她有什么啊,除了喜欢裸睡。在自己家想怎么睡就怎么睡,许多人都喜欢裸睡,这没什么啊?"

鞠婆婆说:"你不知道,她有病,脏病。让她去医院治疗,她又不肯去,说是男人传染给她的,她要传给所有的男人,传一个够本,传两个就赚了,她的心态彻底不正常了。"

兼葭屏住呼吸,感觉空气都快凝固了:"啊?年纪轻轻的,多可惜啊!"

鞠婆婆说:"仓婆婆是为了你好才跟她闹的,我们这一带的人都知道,也都害怕那个孩子。"

兼葭隐约感觉到自己的一只手好像还碰到过她的下体,顿感全身不适起来。她想找个地方好好洗洗手,可是这黑灯瞎火的也不方便,只得将手垂在床边,决定暂时不用这只手了。

鞠婆婆还在嘟囔:"也不知道仓婆婆作的啥孽,管又管不住,甩又不忍心,唉,可怜哦!"

兼葭说:"那她怎么不跟父母住?她不是说自己和仓婆婆没有血缘关系吗?"

鞠婆婆躺回自己的床上,接着说:"有血缘关系才怪呢!这孩子的爷爷奶奶早死了,这孩子的父亲杀了仓婆婆的儿子,因此被枪毙了。她母亲改嫁,跟人跑了。仓婆婆也是好心,看这孩子可怜,就帮着仇人养孩子。"

在鞠婆婆的絮絮叨叨中,蒹葭仿佛见到了一个梦幻般的仓婆婆。

14

故事发生在1935年的秋天,大雁飞过、斜阳西照,月亮台村发生了一件让全村人终生难忘的大事,这件事给家家户户都笼罩上了阴霾。

在邻村给人干活的李连喜回到家的一个时辰之前,村子里一半的女人都被日本人祸害了。那一年,李连喜的妻子只有26岁。受辱的妻子觉得无颜见人,选择了自尽。

当时整个村子家家遭难,人们在一片绝望中收拾着自家残局,谁也顾不上安慰、照顾别人。李连喜赶回家后,将还没僵硬的妻子放下来时,才发现妻子的两个乳头没了,全身上下没有一处完整的皮肤。李连喜的母亲也被日本人呈"大"字形地钉在了墙上,全身赤裸,母亲身上都是黑色的血,一双干瘪的乳房掉在地上。父亲在阻止日本人在家里肆虐的时候被乱刀捅死,然后被架在了麦场的竹竿顶上示众。李连喜只是一个普通得不能再普通的老百姓,他也不知道什么是国仇,可是这个家恨是扎根在心里了。于是他四处寻找能帮他报仇的八路军。找到以后,八路军交给他一个任务,就是组织村上能扛枪的男人都参军,并任命他为队长。

这个工作不难做,跟他家一样受害的家庭比比皆是。李连喜一召唤,村里就有十一个人愿意跟他一起去打鬼子。

可是,将别人召唤来了,他自己却走不了。家里一个6岁的儿子、一个3岁的女儿没人帮忙照看。于是他四处托人说媒,只要能照顾他一双儿女,什么条件他都答应。

山外有一家人愿意将19岁的女儿嫁过来。李连喜就是在去山外谈娶女人的事情的路上,捡回来一个因饿晕倒在路上的十五六岁女孩,这个女孩也就是仓婆婆。女孩的父母和两个哥哥都被日本人杀了,她是去投靠舅舅时被舅妈赶出来的。女孩没地方落脚,既然李连喜救了她,她愿意跟着李连喜,做李连喜的女人。看到李连喜家的情况,她表示愿意留在李连喜家帮他照看孩子,等李连喜回来。

李连喜喜出望外。可临走的时候,村里的孤儿狗剩反悔了,他不愿意参军。

李连喜已经决定带十一个人去参加八路军,这下少了一个人,他感觉辜负了八路军对他的信任。更主要的是这是八路军的

缘来如此 147

秘密,狗剩若不去,万一消息被泄露出去,他们十个人以及全村人也都不安全。

李连喜用尽一切法子劝狗剩,可狗剩就是不愿意去。

狗剩说:"我活了二十几了,还不知道女人是啥。我现在跟你去当兵,万一战死了,我不就亏大了,白活一世了?"

狗剩也是个可怜人,他们从小一起长大,他再苦再穷,也没干过对不起乡亲的事。

李连喜想了一个晚上,最后找到狗剩,问他:"如果让你和一个女人成亲,你愿意去不？等革命胜利了,这个女人就归你了。"

狗剩知道自己是非去不可了,既然李连喜把话说到这个份上,他再不答应就有些不近人情了,想了想就答应了。

于是,在月黑风高的晚上,狗剩爬上了女孩的床,连哄带骗,跟女孩发生了关系。

天还没亮,李连喜就带着十一个人出发了。

后来李连喜队长死在了战场上,狗剩不知下落。

女孩怀孕了,她以为怀的是李连喜的孩子。村子里所有人也都认为她怀的就是李连喜的孩子,大家纷纷伸出援手帮助她。

女孩与李连喜虽然没有感情基础,但是传统思想告诉她,跟谁睡过就是谁的女人,何况她还怀了他的孩子。于是她只能认命地等着男人李连喜回来,因为女孩认定,在李连喜家还能会是谁睡了她，只能是李连喜啊！

若干年后的一个夜里，来了一个男人，说他就是女孩的男人。男人穿着军装，尽管晚上看不清面容，但从轮廓来看，还算英俊。那时候李连喜的亲生女儿已生病夭折了，家里生活艰难，同时要养三个孩子，孩子生病没钱看病，就没了。当时李连喜的儿子已经10岁了，女孩自己的儿子也3岁了。

女孩突然面对一个陌生的男人，而且这个男人还说他是女孩的男人。经过一番思想斗争，女孩接纳了男人。她认为这个男人就是李连喜，可那个男人清晨临走的时候告诉她，他叫俊熙。

其实女孩始终没看清男人的脸，只记住了俊熙这个名字。

后来村里有人议论，说俊熙是个英雄，八路军的英雄，又打了胜仗什么的，女孩欣喜若狂，就带着两个孩子去部队找俊熙。

在部队见到俊熙，俊熙却不认识她，她也说不清俊熙的模样。但这个俊熙跟去她家的那个俊熙口音不一样，籍贯也不一样。纠缠了几天，这个叫俊熙的八路军军官就将她和孩子安排在城外的一座庙里住着，说一定会帮她找回那个同样叫俊熙的男人，让他早日与她团聚。

新中国成立后，那座庙倒了，仓婆婆和两个孩子就地盖了现在的这所房子，一住就是一辈子。仓婆婆和俊熙的事情没有证据，也无见证人，人们就认为故事是她自己编出来的，后来仓婆婆

缘来如此　149

被追评为烈士家属，因为人人都知道她是李连喜的媳妇儿。仓婆婆的亲生儿子叫李强，李连喜与前妻生的儿子叫李刚。仓婆婆最开始以为李强也是李连喜的儿子。

自从那个叫俊熙的男人出现后，仓婆婆就说自己的男人叫俊熙，村子里的人都以为她疯了，以为她患上了一种崇拜英雄的癔症。果然，她去投奔俊熙，俊熙也没要她，所以谁也没把她的男人是俊熙这事儿当真。但她是当真的，她认为俊熙不认她是情非得已，他要打鬼子，怕带着家属被别人笑话，不认她也是对他们母子的一种保护，万一敌人抓住他们母子要挟俊熙怎么办？她相信他迟早是要认她的，于是她就在那个破庙里等着军官俊熙回心转意来找她。直到现在，她靠编织菜篮子过日子一直没有离开这里，她怕如果她离开了，军官俊熙就找不到她了。

20世纪80年代初，有一个从台湾回来的老军人回乡探亲，经介绍，乡亲们才知道他是当年的孤儿狗剩。

狗剩在看望了所有乡亲，去给父母上过坟之后，很认真地打听李连喜的家人。乡亲们还挺感动的，说狗剩重情重义，时隔这么多年还不忘老乡亲、老战友李连喜，于是一个老乡就带他找到了仓婆婆。

仓婆婆也跟乡亲们一样，认为狗剩重兄弟情义，尽管他中途投靠了国民党，但还是没忘当初一起走出去的兄弟。仓婆婆挺感激的。

狗剩悄悄地告诉仓婆婆,他就是俊熙。

仓婆婆吓了一跳。

但是在接下来的交谈中,仓婆婆发现这个狗剩就是她要等的俊熙,这个俊熙果真和那个军官俊熙长得不一样,说话也不一样。

狗剩很感激仓婆婆为他守候一辈子,还为他生了一个儿子。说到动情处,两位老人唏嘘不已。临走的时候,狗剩塞给仓婆婆一大块金砖,而后斩钉截铁地说他一定会回来娶她。

那一次他还认了他的亲生儿子李强。近50岁的李强一直没有娶媳妇,也没有谈对象。不是没条件,而是他压根儿就不想娶亲。

李强看着哥嫂成天吵架、打架,总在反复地问自己,人为什么要谈恋爱？为什么要结婚？母亲说,找一个疼你爱你的人能陪伴你终生,照顾你,为你生儿育女,将你的生命延续下去。但李强执意不娶亲。

狗剩见劝儿子结婚不成,也就不劝了,但他发誓一定要给他们母子最好的生活,他们一家人一定会幸福地生活在一起。

那次狗剩的探亲对李刚的刺激最大。他一直把李强当亲弟弟,却没想到李强和仓婆婆一样,跟他没有血缘关系。想想几十年来,别人私下里骂仓婆婆不要脸,私会男人还这么理直气壮、明目张胆,他一直不相信,从小到大只要听到这类话他就会跟别人去拼命。到老了,自己都 50 多岁了,竟然真冒出来一个叫俊熙的男人,认了仓婆婆,也认了李强为亲生儿子,李刚从情感上接受不了。李刚想着:你仓婆婆享受着我父亲用牺牲换来的烈士家属的荣耀,却一辈子在为别人守候,真是太不要脸了。

那一次兄弟俩大打出手,就因为李刚骂了仓婆婆。骂仓婆婆的起因是李刚自己的儿子要结婚了,准儿媳妇都怀上孩子了,迫在眉睫,眼看着家里巴掌大的一块地方是无论如何都挤不下一家人的,李刚就希望仓婆婆把那块金砖拿出来,能给自己儿子在外面买一套房子。结果仓婆婆不肯,李刚就骂了仓婆婆,李强就动手打了李刚。

仓婆婆绝对不是小气的人,她可以为李刚和李刚的儿子倾其所有。其实她一直把李刚的儿子当成亲孙子一样抚养,她甚至愿意自己住到院子里屋檐下用布围的一个小空间里,而把房子让给孙子一家住。可她却怎么都不愿意拿出那块金砖,因为那是俊熙给她的第一件礼物,也是唯一的一件礼物。而且俊熙对此还有安排,说是给儿子李强娶媳妇用的,她不能随便动用属于儿子李强的这笔财产。

再说她这个孙子也不成器,成天游手好闲,啥事不干,净惹是生非。他在外面找的也是些不三不四的女人,经常被人打得鼻青脸肿的,还赔尽了家里的钱。烂摊子还没了结,这又让一个女人怀孕了。这次没钱赔,甚至拿钱也赔不了。这个孙子已经"几进宫"了,出来后还是那德行。仓婆婆也已经被折腾得油尽灯枯了,就由他们去吧,但要想花俊熙留下的这块金砖是不行的。

仓婆婆怕他们偷金砖,便把金砖缝在裤腰上。可仓婆婆瘦啊,那么大的一块金砖,缝在裤腰上更明显、更扎眼。李刚和儿子就和仓婆婆硬抢,李强救母心切,兄弟、叔侄为此又打了一架。

再以后,李刚、李强兄弟俩就结下了仇。李刚的儿子也骂仓婆婆,李强照样打李刚的儿子,骂一次打一次。有一次打急眼了,李刚的儿子趁李强在躺椅上午休时一刀结束了李强的生命。李刚一着急,心梗发作,死了。

再后来李刚的儿子被枪毙了,儿媳妇跟人跑了,只留下一个嗷嗷待哺的孩子,仓婆婆在痛不欲生的情况下只好自己替孙子养着这个所谓的重孙女。这个孩子大了以后,有好事的街坊告诉这孩子她家的情况,孩子一方面依赖仓婆婆,一方面又如同她的父亲、祖父一般对仓婆婆出言不逊。这个家庭就这么复杂地存在着、纠结着、延续着。

当初狗剩夸赞仓婆婆的篮子编得好,狗剩走的时候仓婆婆就送给狗剩一个菜篮子作为礼物,仓婆婆让他早点回来,否则以后都老得认不得了。狗剩就说:"不管你变成什么样,你的菜篮子我还是能认得的。"这个傻婆婆就几十年如一日地在家门口摆着菜篮子。有人买,她也卖。没人买,她就在门口摆着。她说怕自己老得走了样,俊熙找不到她,但只要看见她家门口的菜篮子就能找到她了。俊熙这一走又是三十多年了,说不定狗剩早死了,仓婆婆却还是执着地在这里等他。她说她没帮俊熙看好孩子,她有罪,她要等着俊熙回来向他谢罪呢,否则死不瞑目。

鞠婆婆就这样絮絮叨叨地跟蒹葭说了大半个晚上关于仓婆婆的事,直到仓婆婆给蒹葭和鞠婆婆送来早餐,她们还在床上半躺着絮叨。

天已经大亮,鞠婆婆的屋子里依旧昏暗得如同黄昏,依稀能看见满屋子佛像的轮廓在幽暗中沉寂着。

鞠婆婆披衣下床,说新房子分下来了,她选了个七层的顶楼,得把佛像供在最高处,不能让人践踏。但楼层高了,她的年纪大了爬不动,也怕一些居士不好找,在这边能住几天算几天。也可以顺便多陪陪仓婆婆。"我前世应该是仓婆婆的亲人,这世才有缘来陪伴她,来世说不定还能在一起,是善缘就珍惜,是恶缘就远离。每个人所经历的都是一种必然,无情不来,有怨难躲,我和仓婆婆就是这种缘分,天命难违啊!"

蒹葭笑了笑,说:"仓婆婆幸亏有您这样的邻居,否则她更苦了。"

鞠婆婆像是对蒹葭，又像是在自言自语："人生哪有不苦的？有钱也苦，没钱也苦；闲也苦，忙也苦；爱也苦，恨也苦。苦中求乐，是活下去的一种必然法则。"

鞠婆婆倒是活出了许多人梦寐以求的敞亮来。蒹葭最在意自己的家庭，自己的家庭却不折不扣地将她击倒；蒹葭最在意自己的情感，自己的情感却让她片刻不得安宁；蒹葭最在意自己的作品，她的作品却将她推入万丈深渊。

再苦再累，人一定要有信仰。鞠婆婆的信仰就是对幸福的期待。其实期待本身也是一种幸福，若得一人心，守望到白头，苦苦乐乐又何妨？

15

原本以为自己过得太不如意了，受的委屈一辈子也诉不完，可是这个世界上每个人都过得不轻松，蒹葭又能躲到哪里去呢？得不到就放弃吧！该放弃的一定要放弃，该面对的不能再逃避。她也该回去对她的前半生做一个彻底的了断。或许了断了，还能活出鞠婆婆那样的清醒来。

她不能留在这里给这个饱经苦难的仓婆婆添麻烦了。纠缠与固执地等待，反而是对自己的另一种伤害。她和仓婆婆都犯着同样的错误，仓婆婆或许已经没有放手的机会，但自己才35岁，人生短暂，真不该把宝贵的岁月与压榨、践踏自己幸福的人分享。不但她自己不能这样活，她也要告诉乔乔，让乔乔也不要这样活，一定要把有限的时间用在更有价值的事情上。从现在开始，她要为自己创造一个全新的未来，活出个样子给自己看。

蒹葭下定决心后，顿时全身有了力量。她果断地迈出坚定的步伐,回到仓婆婆的屋子里,拨通了那个和她一样饱经苦难却永远和她站在一起的女人——乔乔——的电话。因为这一辈子她只记住了两个女人的电话号码,一个是母亲的,另一个便是乔乔的。

电话在刺啦声中响了很久才被接起。

蒹葭尽量装着很轻松的样子,说:"乔乔,我是蒹葭,我现在身无分文,来接我回家吧!"

孟非子还没等蒹葭把话说完就带着虚脱似的声音抢着说:"你在哪里?我们都疯了一样地在找你,快告诉我你在哪里,我马上叫人去接你。"

蒹葭尴尬极了,也感动极了。从来没有人这般在乎过她,孟非子的一句话足以融化她的心。那一刻她感觉到了无限的幸福,眼泪顿时稀里哗啦地止不住地流。

蒹葭记得她从来没留过孟非子的电话,更不会记住孟非子的电话号码,因为她经常记不得自己和家人的电话号码,更不可能记得外人的电话号码了。能记住乔乔的电话号码,是因为有一次她削鱼骨时把手削下一大块肉,血流不止晕过去了,最后在医院陪伴她的是乔乔。乔乔哭着说:"你一定要记住我的电话号码,在遇到任何困难的时候我都会第一个出现在你面前。男人靠不住,只有咱们俩可以相互依靠。"那一次,她背了一下午才将乔乔

缘来如此 157

的电话号码记住,后来就再也没有忘记过。记住电话号码的同时,她也记住了乔乔的话:"在遇到任何困难的时候我都会第一个出现在你面前。男人靠不住,只有咱们俩可以相互依靠。"所以当她遇到困难时,第一个想到的就是乔乔。所以她这次打的就是乔乔的电话,绝对不会是其他人的号码。

可怎么是孟非子接的电话,而不是乔乔呢?莫非这是一种巧合,还是串线?抑或是孟非子见蒹葭不接他的电话,为了找到蒹葭,用的乔乔的电话?

蒹葭的心真的被暖化了,这样有情有义的朋友真是太难得了,无论此生结局如何,她都会珍惜乔乔和孟非子的,更多的时候朋友比爱人更可靠。

蒹葭还在恍惚中时,孟非子带着哭腔说:"快点告诉我,你在哪里?"

蒹葭矜持了一下,说:"让乔乔接电话。"

孟非子焦急地说:"我想知道你在哪里,你就在原地不要动,我立刻叫人去接你。千万不要动。"

蒹葭轻轻地放下了电话,心里暖暖的,眼泪不由自主地往下流。仓婆婆递给她一块手帕,说:"回去吧!家是唯一可以依靠的地方,再不好也是自己的家。这证明他还是很在乎你的,珍惜眼前人吧!"

蒹葭摇着头转身抱着仓婆婆哭了:"不是的,不是这样的。"

过了一会儿,门口传来汽车的喇叭声,蒹葭和仓婆婆以为又是政府来动员拆迁的,谁也没理会。

电话再次响起,还是孟非子的声音:"快出门,车在门口等着你!"

电话那头很嘈杂,她想,没人知道她出来了啊,更没人知道她在哪里。她是没办出院手续就出来的,是带着一身的伤痛出来的。

她从乔乔那里知道孟非子找过庄丰,跟庄丰谈过,为此蒹葭还生过气,认为孟非子是多管闲事,这样做只会让庄丰更加瞧不起蒹葭,以为是蒹葭让孟非子去当说客,觉得蒹葭还舍不得他呢。这样他不更高傲了吗?以为他和他的家人以前做的都是对的,他会变本加厉地欺负蒹葭。

当然,蒹葭生气归生气,终究也没有朝孟非子发过脾气,她认为事情既然已经这样了,发脾气又能怎么样呢?再说,她是真的不愿意再跟孟非子联系,她不敢联系,后面发生了这么多的事情,她也没有机会、没有时间,更没有心情跟孟非子联系。

今天这是怎么了?

她想,孟非子此时肯定和乔乔在一起,他们俩应该是最在乎她去了哪里,是否还活着的人。从孟非子的语气中,她分明能感

缘来如此 159

觉得到他几近虚脱的焦虑。

其实他想知道蒹葭在哪里根本不难,看一眼来电显示就知道了。

一阵暖流瞬间温暖了她的全身,蒹葭顿时有着说不出的愉悦。她突然觉得,有这么一个哥哥也是不错的,在远离家乡的地方,多一个亲人的确是一件幸福的事。

蒹葭说:"乔乔呢?"

孟非子哭着说:"你快回来吧!乔乔出大事了!"

蒹葭愣住了,脑子里疯转地想着能出什么大事。难道是乔乔伤口发炎了?乔乔挨的那几刀,是乔乔挡蒹葭砍向自己的刀时造成的。可那时候她早已有气无力,那几刀不重啊!医生说只伤了点皮,没让乔乔住院,涂了一点药就让她走了。难道是误诊?难道真出事了?

蒹葭不敢问,逃也似的出了门。

果然出大事了,乔乔死了,不是死于蒹葭的刀伤,而是跳楼自杀了。自杀的原因是乔乔的男人赌博输了八千万,将乔乔辛辛苦苦挣下的所有资产全部抵押出去了。乔乔每天面临债主堵门和恐吓,男人却不知去向。一个无助的女人耗尽了她半生心血积累起来的财富,却为一个无良男人无穷无尽地埋单,她的精神终于崩溃了。她原本是想跟蒹葭道个别的,没想到赶到蒹葭家时,见到蒹葭比她更绝望地拿着刀在砍自己,她毫无畏惧地扑了上去,那一刻她真的希望和蒹葭一起结束这苦难的一生。可偏偏她没死,蒹葭也没死。从医院出来以后,她绕道去学校看了孩子,寄了她这一辈子给父母的最大一笔钱,在外面晃荡到半夜才回到家里。因为白天债主堵门,她根本回不去。夜半时分,她看着没有星星,也没有月亮的夜空,结束了她短暂而怆惶的一生。

蒹葭木头般失去了思想,她静静地坐在乔乔身边。

孟非子猛地拍着蒹葭:"哭吧!哭出来,大声哭出来啊!"

蒹葭不哭,孟非子倒是先哭了,当他艰难地托起蒹葭的下巴时,发现蒹葭的下巴早已经脱臼了。

乔乔的母亲扑上来抱着蒹葭一声哀号:"儿啊——!"就晕过去了。

人们又手忙脚乱地抢救乔乔的母亲和蒹葭。

孟非子拖着虚弱的身体协助乔乔的父亲来回张罗着,乔乔交代给他的事情一件都没有完成,他也不能自作主张地火化掉她的遗体。乔乔交代他一要照顾好她的父母,不能让她的父母有任何的不测;二要照顾好蒹葭,因为她对蒹葭有着更重要的托付;三要照顾好自己,因为乔乔深深地爱着孟非子,却始终说不出口,也不敢走近他,既然今生无缘相守,奢望来世还做朋友。可此时乔乔的母亲还在昏迷中没有醒来,蒹葭也生死未卜,自己的身体更是

缘来如此 161

虚脱得难以支撑。

孟非子是在早间新闻上得知乔乔的噩耗的。孟非子根本就不相信人前乐观积极且聪明的乔乔会是这样的结局。当乔乔义愤填膺地给孟非子讲述蒹葭的故事的时候,孟非子觉得乔乔是一个理性且坚强的人,她至少比蒹葭有主见,比蒹葭敢作敢当、敢拼敢闯。他甚至在想,要是乔乔遇到蒹葭这样的事情应该会轻而易举地就能解决好,因为乔乔不像蒹葭那么优柔寡断。

可是他万万没想到,看似坚强的女人,其实也是脆弱的。两天,仅仅两天,孟非子和乔乔只有两天没见面,就出了这么大的事。

这两天孟非子也在难过之中孤独地度过。

这两天里他不知道该怎么去面对乔乔,怎么去面对蒹葭。在没有想出更好的帮蒹葭解决问题的办法之前,他想冷静冷静,所以两天没见乔乔。没想到就两天时间,乔乔的世界就翻了天,蒹葭和他的世界也翻了天。

直到在殡仪馆见到面目全非的乔乔时,直到从乔乔手里取出那份带血的遗书时,孟非子才久久地愣在原地,瞬间的痛苦将他击倒,一个不算魁梧的身躯轰然倒下。

乔乔虽说不是他想要去爱的对象,但面对朋友,面对生死,他再也无法镇定下来。

蒹葭是在两天后才稍微缓过劲来的,她一骨碌从床上爬起来,想站起来,却滚到了床下,她索性就爬着往外走,边爬边喃喃地念叨,最后变成绝望的哀号:"乔乔——你别走——等等我——你走了我怎么办啊?"那一声声凄厉的呐喊让人战栗。

料理完乔乔的后事回到家中,蒹葭再一次被残酷的现实击垮。

她原本拿定主意要尽快结束自己前半生的不幸,绝不走和乔乔同样的路。只要自由,单身也幸福。

然而,蒹葭做梦都没有想到,在她出去的几天里,自己的整个家彻底被摧毁了。蒹葭的男人将孩子放在了学校寄宿,男人如同乔乔的男人一样不知去向,与男人一同不知去向的还有她倾其半生精力所创作的所有作品。

家里更是如同被土匪打劫般干净,连一个钢镚儿都不剩。邻居告诉蒹葭,她男人说了,孩子就是最大的财富,他把孩子留给蒹葭了,其他财富就归他了。

果然没过两天,就有人来收房了。男人将房子卖了,钱都拿走了。

邻居怜悯地看着蒹葭说:"庄丰他妈满院子说,说你会赚钱,你能给孩子提供好的学习条件和环境,她儿子不会赚钱,就指着这点老本过日子呢!他妈说要让你帮他庄家养大孩子,最后你的

缘来如此　163

财富还是他庄家的,让你这一辈子都给他庄家打工,要让你一无所有呢!"

蒹葭鄙视地骂了一句她有生以来说过的最恶毒的一句话,而后默默地走了。

蒹葭像孟非子当初躺在崔冰墓碑上一样,躺在了乔乔的墓碑旁,她想用自己的体温给这个饱经苦难的女人一些温暖。

孟非子交给蒹葭一个信封,信封里是一张银行卡和一封信。信是乔乔写的,乔乔将她唯一的女儿托付给了蒹葭,卡上有五百万,这钱不是给孩子买房置产的,而是希望蒹葭能用这个钱帮她教育出一个对家庭、对社会有用的人。信里还说:"蒹葭,你不能死,受死人之托,你就得坚守着这份信任,因此再苦再难你也没有权利去死。你要好好活着。"

她当然不能死,当初就是为了孩子才过成今天这个样子,现在更要为了孩子坚强地活下去。蒹葭默默地给自己打气。

孟非子静静地陪着蒹葭,安慰她:"一切都过去了,一切都会好的。"

一切都会好的?

死易活难啊!

乔乔的母亲已经滴水不进,卧床不起了。

蒹葭接回自己的和乔乔的孩子,带着他们住进了租赁的画室,将画室一半用来工作,一半用来生活。

日子异常平淡。孟非子不时会过来看望她,照顾她和孩子们的生活。孟非子也和仓婆婆一样,告诉她身外之物留不住,只要心在就好。她知道,他们所说的心是信心、决心、善心、爱心。孟非子说她男人偷走的只是有限的作品,偷不走她无限的艺术。"我们绝不能做让亲者痛仇者快的事,要想报仇,就是活得比他更好。"

道理蒹葭都明白,可接二连三的打击还是让蒹葭一时缓不过神来。

她抚摸着两个不知愁滋味的孩子的小脸,想哭,也想笑。每天看着两个孩子在面前蹦来跳去,给她讲儿童的趣事,蒹葭顿时明白了:当我们给自己背上的东西越多,生活越艰难,越必须打起精神笑对每一天。

蒹葭不想也不能让自己的母亲像乔乔的母亲一样活着。为了母亲的微笑,为了孩子的健康,她必须坚强地向前。

蒹葭慢慢坚强起来,偶尔也参加一些不同场合的活动,这些活动大多跟绘画等艺术有关,她也因此经常能遇到孟非子。每次相遇,两人都心照不宣地微微一笑,那笑里有鼓励,也有无奈。

很长一段时间以后,有一天,孟非子郑重其事地告诉她一个消息,说有人在国外拍卖她的作品,一幅半成品都卖出了北京市中心一套房子的价钱。孟非子问她是不是要追责,他会全力以赴地协助她。

蒹葭已经很淡定了,仿佛孟非子是在说别人的故事,跟她无关。蒹葭说:"你说得对,他偷走的只是有限的作品,偷不走我无限的艺术。有几个人能靠偷致富的？自作孽,活不长久,由他去吧。"

再后来听邻居说,孩子的爷爷奶奶移居美国了。

16

乔乔的母亲最终还是走了。在料理完乔乔母亲的后事以后，蒹葭累到了极点，她特别想念母亲，她想回去看看，自从离开家后，已经十来年没回去过了。父母离异后，母亲原本住在南宁。父亲没再娶，母亲也没再嫁。事实上，父母感情深厚，因为祖母专权，父亲愚孝，母亲不得已才离婚求解脱。

蒹葭从小就身体不好，母亲对她放心不下，执意带走了蒹葭，将健康的妹妹留给了父亲。由于跟父亲住在同一个城市，姐妹俩以及父母之间还是来往得特别多，她和妹妹的成长并没有因为父母离异而受到太大的影响。前几年父亲突发疾病去世，蒹葭和妹妹也都远嫁他乡了。城市还是那个城市，空了感情就空了心，母亲像浮萍一样在那个城市中生活就失去了意义。母亲年龄大了，原本是想跟着蒹葭过日子，照顾蒹葭的生活，母女俩互相有个依靠。就在蒹葭生完孩子后，母亲不放心，还是千里迢迢来到北京，跟蒹葭一起生活了一段时间。这短短的一段时间让蒹葭母亲亲眼看到蒹葭的不易。那不是依靠,更不是享福,那是在刀尖上跳芭蕾,时时刻刻都有可能受伤。那样的日子只会早早要了母亲的命。

于是母亲像蒹葭一样,在受到了很多委屈和伤害以后,执意回去了。她卖掉了在南宁的房子,住回了离小女儿家近却又不至于被打扰的大别山附近的城市,因为蒹葭的妹妹就嫁到了那个城市。大女儿已经走出去了,她还得守护老实憨厚的小女儿。孩子是父母唯一的牵挂,一个都不能少,走出的是距离,走不出的是心里拥有的那个充满爱的家。

蒹葭现在的一切变故母亲都不知道,她实在不想告诉母亲自己的不幸。因为母亲早就知道她过得不顺心,已经为此哭得眼睛都快失明了。

那时,母亲成天拉着蒹葭的手,哭着说:"你为什么不听妈妈的话啊?他那一家都是胡搅蛮缠之人,你这日子什么时候是个头啊?!"

蒹葭的糟糕日子想隐瞒都隐瞒不了。生孩子之前,每次母亲来打电话,蒹葭都说:"好着呢,好着呢,您放心!"每次放下电话,蒹葭的眼泪就啪啪掉下来。她安慰了母亲,却骗不了自己。

母子连心,蒹葭又真能骗过母亲吗?蒹葭生完孩子没多久,母亲还是不放心,来陪伴她、照顾她。就这一段时间,母亲把什么都看在了眼里,记在了心里。

母亲说:"父母最好不要跟你们年轻人一起住,这是对年轻人家庭的摧残。"所以母亲没待多久就回去了。但每周都会打电话,却说什么也不肯再和她住在一起。

按说养儿女是为了防老,有朝一日儿女功成名就,成家立业,老人就可以跟着享清福了。蒹葭的母亲更应该这样,蒹葭也曾在心里默默发誓,这一辈子就是走到天涯海角也要带着母亲,绝不能让她再孤单。蒹葭的母亲在很年轻的时候就成了单亲妈妈,独自抚养蒹葭成人。按说母亲跟她住在一起是天经地义的,可就算母亲天天想她,也还是执着地不愿意和她住在一起。

本来每年过年蒹葭都要带着老公、孩子回去陪伴母亲的,但老公不愿意,公婆更不愿意。

公婆和母亲相处不到一起,两家老人到一起就吵架,吵得不可开交。因为公婆惯着儿子,不让儿子做任何事情,甚至儿子一进媳妇房里婆婆就在外面咳嗽:"没见过女人啊?别丢了你先人!"背地里见人就挑儿媳妇的不是:"您说我家那个儿媳妇多不是个东西,我不就想吃点车厘子吗?有多贵啊,不就是一两百块钱一斤吗?说了三天都没给我买回来。能有多忙啊?明摆着舍不得呗!小门小户出来的,没见过世面,赚再多的钱、成再大的名也改不了骨子里的穷酸气。"

邻居跟蒹葭说了这件事,蒹葭再去菜场时就先去水果摊,买了三斤车厘子,用塑料袋严严实实包好。

回家后她将车厘子洗得干干净净,给婆婆端了过去。

可蒹葭下班回来,碰上婆婆跟邻居在楼下院子里聊天,婆婆声音大,大老远就能听见。婆婆说:"你看我家那个儿媳妇,真不拿钱当钱啊!我就那么随便说了一嘴,她就买那么多的车厘子回来,跟我赌气啊?一斤一两百块呢!虽说是她的钱,那也是家里的钱啊!她不心疼我还心疼呢!怎么就娶了这么个败家媳妇?"

有些老北京人的那种优越感都体现在她婆婆一个人身上了,一句话翻来覆去她都有理。

婆婆经常在蒹葭面前跷着兰花指说:"我们是镶黄旗,我们祖上可是给贝勒爷办事的。我的姑姥姥的外祖母还是阿琪格格的奶妈,高贵着呢!我跟你一个乡下人计较什么呀!"

婆婆见便宜就占,为了几毛钱的菜可以挑得菜贩子快要哭出来。菜贩子说:"太婆,我不卖了行不?"或者说:"送给你了行不?"占了便宜后,婆婆还不依不饶:"小伙子,别不高兴,你知道这是啥地儿?镶黄旗的地界知道不?我们都是有素质的人,这要是在过去,你敢这样对我说话,我一个眼神下去你的腿就断了,知道不?"

就这样一个婆婆,她视所有的外地人为乡下人,她永远以老北京的老贵族自居,你就是为她挣下亿万家产,她照样是那副傲慢的语气,而在经济上又像个贪婪的嗜血鬼,搜刮得你一文不剩。她儿子不顾蒹葭的死活,趁蒹葭不在家卷走所有财产的行为,和他母亲如出一辙。

在北京时,蒹葭的母亲跟蒹葭一样,也是个受气包,根本不是婆婆的对手。但母亲再弱,看到女儿受欺负了,还是会不顾一切地和女儿站在一起。

母亲语重心长地跟婆婆说:"我也是十月怀胎一朝分娩,我也是含辛茹苦将她养大,捧着怕摔,含着怕化,没要你家一分钱的彩礼,白送你家一个媳妇,为你们生儿育女,为你们挣钱养家,为你们日夜操劳,你们怎么就没一个人疼一下她呢?"

婆婆还没说话,蒹葭的男人便抢着说话了:"你家也不至于那么抠吧?还要彩礼?你家给过一分钱嫁妆吗?"

蒹葭的母亲气得直颤抖:"本末倒置啊!是先有彩礼还是先有嫁妆?你去问问,从古至今是怎么一个理?你读过书吗?天子脚下耍流氓啊?我女儿好好地上个学,最后被谁给骗跑了我都不知道。你们是送过彩礼,还是送过请帖?是打过一个电话,还是送过一颗糖?你们什么时候结的婚我都不知道,我的嫁妆往哪里送?有你们这样做人做事的吗?"

婆婆依旧跷着兰花指,趾高气扬地说:"能嫁到北京是她的造化,还想要钱?多少人哭着喊着倒贴着还嫁不进来呢!哼,再说了,我只负责管好我的家,至于你是否养她,是否要钱,跟我有什么关系?"

面对这样霸道、不讲理的婆婆,蒹葭的母亲能怎么办呢?蒹葭是结完婚回去才告诉母亲的,母亲一听头就大了,说:"从你上初中时我就告诉过你,婚姻要谨慎。你妈我就是血淋淋的教训,难道还不足以教育你?"蒹葭说:"我当时想,他家既不种田,也不当官,就是一无所有的小市民。北京人有素质。人嘛,要以心换心。只要我真心对他们好,应该会相处得好的。况且我可以养活我自己,还可以养他们全家,他们没有道理对我不好。"

话都说到这个份上了,而且婚都结了,尽管母亲对这个号称有素质的北京人在结婚时漠视女方家长这件事很生气,但母亲还能怎样呢?只能在心里默默地为女儿祈祷。

结果呢?

母亲自认为把女儿教育得很优秀,尊老爱幼、贤惠、勤俭持家,在外能跟男人一较高下,在家能下厨房做饭。女儿品学兼优,智商超群,应该会比自己过得好。

她哪知道结局会是这样?按说这么优秀的女儿落到谁家就是谁家的福气,怎么婆家就这般不待见呢?想当初,自己不被婆婆待见,是因为自己不工作,要靠男人挣钱养家。现在是女儿在养家,怎么还是处处受气呢?

她深知女儿的不易,所以她不愿意和女儿住在一起。她看着难受,处着更难受。她待在这里不仅帮不了女儿,还让女儿陷入更多的麻烦之中。母亲就回去了。

庄丰辞职在家,像他母亲一样,东家长西家短,处处都看不顺眼。不顺眼也跟他们没关系,他也没那个能力去教育谁,于是全家人的眼睛就盯着蒹葭了。柿子专拣软的捏,管不了别人,一家人还能管不了一个蒹葭?

公婆教唆儿子:"在家要有一家之主的样子,不要被人欺负了,她能有今天的成就全是因为你给了她一个家,否则她一个外地人还能在这里成妖成怪啊!"

而蒹葭的母亲每次在电话里都对蒹葭说,要对公婆好一些,要把心思多用在家里,女人最大的成就不是赚了多少钱,有了多少名,而是经营好一个家。

所以,为了家庭的和睦,蒹葭处处妥协,逢年过节她只能看着遥远的南方,在心里默默地给母亲磕三个头。

然而,母亲却不知道蒹葭的妥协并没换来家庭的和睦,更不要说幸福了。这个婆婆不是一般的婆婆,厉害着呢!她绝不会吃一丁点亏。全家人花着蒹葭的钱,住着她的房,吃着她做的饭,穿

缘来如此 173

着她买的衣,还要把她当作外人一样地孤立着。蒹葭对婆婆说:"您希望我把您当亲妈一样对待,我也确实对您比对亲妈好,可您总是像后妈一样对我,这样能好吗?"

婆婆就说了:"孝敬公婆是天经地义的,没有条件可讲。你要讲咱们就去大庭广众之下讲,就去你的画展上讲,就去有媒体报道的地方讲。少在这里跟我提条件。"

罢,罢,罢。这些都是鸡毛蒜皮的小事,家不是一个讲理的地方,遇到不讲理的一家人,你更是无理可讲。

可做人再霸道,也应该遵守一点基本的道义吧!结婚没通知女方家长,那是因为他们穷,临时决定结婚,给所有人一个措手不及,以至于女方家长都没有时间赶来参加婚礼。那时的蒹葭被廉价的爱情冲昏了头脑,她也知道庄家人这么做有多么卑鄙。因为他们拿不出来彩礼,还欠了一屁股债,怕女方来人看笑话,更怕女方家长根本不同意这门婚事。将女儿含辛茹苦养大,嫁给一个连像样的房子都租不起的男人,女方父母会怎么想?

但蒹葭还是善意地理解了他们的难处。他们临时结婚还有一个重要的原因,就是公婆可以利用儿子结婚收一笔礼金。因为当时庄丰的父亲开车撞死了一个人,为了不坐牢,借遍了亲戚朋友的钱才将事情平息。然而欠债是要还的啊!

他们精心地对蒹葭隐瞒着家里欠债的事情,但还是被蒹葭知道了。刚举办完婚礼还没回到租住的房子里,要债的人已经把门堵上了。男人见事情捂不住了,就把欠债的事如实地告诉蒹葭了。蒹葭二话没说,和男人一起挑起了帮家里还债的重担。

那时候他们真的穷,在城中村租了一间阴暗潮湿的、只有十平方米的小房当作婚房。结婚时,男方没给蒹葭买一件衣服,没给蒹葭买一件首饰,反而是蒹葭给公婆、大姑姐和男人买了衣服。蒹葭知道男人没钱,男人执意要带蒹葭去买戒指,蒹葭说:"随便买一个假的吧,就是个形式而已。"男人过意不去,还是带蒹葭去了商场。蒹葭挑了全商场最便宜的一个戒指,男人却磨蹭半天不去结账。等男人慢悠悠地移到柜台边时,蒹葭已经付过钱在门口等他了。

对于庄家人来说,得来容易,自然不会去珍惜,没花钱娶的媳妇,即使再会赚钱、再贤惠,也不会有人珍惜。尤其是在生了儿子以后,按理说庄家应该感激蒹葭才是。可庄家人不这么想,他们想,若是对蒹葭好,怕蒹葭骄傲,以功臣自居。既然蒹葭已经给他们家生下孩子了,这个女人就怎么也跳不出庄家的手掌心了。因为他们知道蒹葭父母离异了,蒹葭之所以能忍受这么多的委屈,就是不想走父母的老路,怕再离婚了他父母会伤心。基于以上种种考虑,果然一家人就变本加厉地处处压制蒹葭,以至于在蒹葭剖腹产生完孩子的六个小时以后,庄丰和他母亲就离开了医院。

缘来如此 175

庄丰说累了要回去休息,庄丰的母亲却说要回去照顾累了的儿子,将还在流血的蒹葭和新生儿扔在医院长达四个小时,险些出现意外。

他们确实太了解蒹葭了,尤其是有了孩子以后,蒹葭不忍心让自己的孩子像她一样在单亲家庭长大。

于是蒹葭小心翼翼地忍!忍!忍!

后来蒹葭取得了一点小成绩,怕男人产生自卑感,她回家便抢着干活,对公婆和男人言听计从,把公婆和男人伺候得更加妥帖。

庄家人却丝毫看不出蒹葭对这个家的良苦用心。有一次,蒹葭在做饭,从冰箱里取出几个鸡蛋准备炒菜,男人看见了,大声呵斥蒹葭:"鸡蛋壳都不洗就磕鸡蛋,你怎么就懒成这样了?"

蒹葭好生奇怪地看着男人,说:"这是土鸡蛋,从超市买的,干干净净的,你又不吃鸡蛋壳,我为什么要洗鸡蛋壳?你看谁打鸡蛋之前还要先洗鸡蛋壳?你爸你妈打鸡蛋也从没洗过壳啊!"

男人就说:"别人洗不洗是别人的事,你做鸡蛋就要先洗鸡蛋壳。"

男人一咋呼,公公婆婆就找到话题了,轮番教训蒹葭,家里三天都不得安宁,愣是训得蒹葭只能翻白眼。

忍!还是忍!母亲说:"公婆不可能跟你过一辈子,就由他们去吧。"

公婆不跟蒹葭过一辈子,可男人要跟蒹葭过一辈子啊!遇到这么一个不懂事的男人,蒹葭的未来在何方?

蒹葭每天工作、学习,余下的时间就是跟这些烂人烂事纠缠不清,以至于蒹葭不想说话了,让他们爱说啥说啥,爱干吗干吗。惹不起,躲着总该可以吧?

躲也不行,无论是男人,还是男人的父母,可以完全不用敲门,直接破门而入,大声指责蒹葭说:"我跟你说话你听见没有?你去把某事做了!"

蒹葭有时也很烦,或者手里事没做完,就说:"庄丰成天闲着呢,怎么不叫他去呢?"

婆婆就会气势汹汹地说:"他闲啥?他参加同学聚会还没回来呢!"

说起同学聚会,蒹葭要有多烦就有多烦。男人成天游手好闲,不务正业。自打孩子会说话起,蒹葭只要一问孩子:"你爸呢?"孩子就会说:"参加同学聚会去了。"

同学聚会不是什么坏事,可成天都在同学聚会,上午就出门了,半夜三更才回来,一周几次,这难道没问题吗?

就算没问题,真的只是同学聚会,小学同学聚了中学同学聚,大学同学聚了研究生同学聚,一天天就靠聚会过日子,那这个人

缘来如此

还能干吗？庄丰还振振有词："我又没有其他社交,不就是个同学聚会吗？"

是的,同学聚会无可厚非,他每次也都能带回来一些看似正能量的消息,例如某某同学获得了国家级的什么奖,某某同学一夜之间赚了一个亿,某某同学今年又升官了。蒹葭语重心长地说:"这些是正能量的好消息,但是跟你有一毛钱的关系吗？人家发财也好,升官也好,是给你一分还是拉你一把？哪怕是刺激你上进也行啊！是个人都要做点事,你在做什么呢？"

蒹葭的男人听完就在家发飙,说女人瞧不起他。

蒹葭很认真地找男人谈过一回话："我不指望你养我,也不指望你养儿子,不指望你养你父母,不指望你养家。但是你能不能给孩子做个榜样？作为一个男人,你成天不是在家抱个手机玩,就是外出与同学聚会,我怎么来教育孩子？孩子说爸爸一天天瞎混不学习不照样活得好好的吗？我怎么向孩子交代？你不给孩子辅导学习也就算了,孩子在家的时候,你哪怕拿本书坐在孩子旁边做做样子也行啊！"

男人暴跳如雷："知道你牛了,有点小名气,能赚几个臭钱就瞧不起人了！你就见不得我参加同学聚会,我参加同学聚会咋了？我又没花你一分钱！"

蒹葭更来气,说："你要是真花钱去参加同学聚会我还不说你,你一个大老爷们成天跟着别人混吃混喝,女同学埋单你都不曾埋单,你怎么就混成这样了?不是每个人都像你媳妇那样把你的节省当成美德,一次两次倒罢了,十次八次,十年八年都如此,别人会瞧不起你的。"

男人说:"那是你瞧不起我。同学怎么就瞧不起我了?瞧不起我,还每次同学聚会都通知我啊!"

蒹葭哭笑不得:"你知道你的同学为什么每次都喊你?一是为了凑数,叫你这种人吃饭她有成就感。二是把你当成廉价劳动力。每次聚完会你都比出租车、滴滴快车方便得多,每次都是最先一个离开,最后一个回家。你都干吗去了?你穿梭在城市的大街小巷送人啊!"

男人从谈对象到结婚十五年,每次同学聚会都不带蒹葭。有一次,一位女同学发起同学聚会,要求必须带家属,男人才勉强将蒹葭带了去。整场聚会的吃喝玩乐都是这位女同学出的钱,那位女同学在酒桌上说话就很放肆:"你们还挑三拣四的,你们有谁请我吃过一顿饭?……"男同学,包括蒹葭的男人还笑嘻嘻地过去给这位女同学敬酒。蒹葭如坐针毡,那顿饭吃得没滋没味。

晚上,蒹葭执意安排了一顿饭,算是回请,想给男人挽回面子,男人却还一个劲儿地计较蒹葭菜点得太多了,太浪费了。

这样的同学聚会还不如不聚,有什么意思呢?

可男人在蒹葭面前,甚至在他父母面前,十分要面子,谁都不能说他半句不好,否则就是瞧不起他。

蒹葭说:"我是真想瞧得起你,你倒是做一两件让我能瞧得起你的事情来啊!"

这次谈话没有起到任何改变现状的作用,反而导致男人对她更加仇恨。婆婆见儿子不高兴,便跟蒹葭闹:"你管好你自己就行了,谁让你管别人了?"

蒹葭说:"您是他妈呀,您怎么这么糊涂呢?!先不说他成天参加同学聚会耽误了多少时间,单说他一出去就是一天,深更半夜才回来,开车送了这个送那个,深夜开车是否安全?您在家就能睡得着、睡得踏实?"

婆婆自然是睡不着的,经常半夜还在客厅溜达,不时地嘟囔:"怎么还不回来?这都几点了?"无数个这样的夜晚,她愣是不敢给儿子打个电话,一是怕儿子生气,二是怕他正在开车,接电话不安全。

担心归担心,但蒹葭就是不能说她儿子,否则蒹葭就是他们全家的公敌。

蒹葭也没辙,觉得还是算了!你们爱怎么样就怎么样,跟我没关系。不可思议的一家人!

蒹葭变得更不爱说话了,甚至听不进去这一家人说话,谁说话她都头痛欲裂,恨不得自己凭空消失。

很长一段时间,乔乔认为蒹葭有问题了:"你不会是患抑郁症了吧?"

蒹葭懒得关心自己是不是患了什么病,只希望要么男人一家消失,要么自己消失,怎样都行。

乔乔不放心,硬是拉着蒹葭去看心理医生。

就诊时,蒹葭见心理医生生怕她不是抑郁症似的引导,她更头疼了。

乔乔帮蒹葭买来好多关于抑郁症知识方面的书,让蒹葭没事时一定要看一看,若真是抑郁症,一定要及时治疗。

不想说话并不等于有抑郁症,因为蒹葭在这个家里没法说话,便索性不说话。

然而,蒹葭还是得了抑郁症,那是因为父亲的突然离世让蒹葭受到了前所未有的打击,这个打击还不是来自父亲,而是来自庄丰一家。

父亲是心肌梗死。当时父亲正在抢救期间,蒹葭接到自己家里的电话,就连忙往回赶,可刚到机场就传来噩耗,说父亲已经走了。蒹葭哭得像个泪人似的给庄丰打了个电话,说父亲已经没了。

庄丰却着急地说:"千万别告诉庄蝶。"

缘来如此　181

那一刻,仇恨已经深深地埋在了蒹葭的心里。事发之前,很久不爱说话的蒹葭跟庄丰说:"父亲生病了,病得很重,咱们一起回去吧。"

庄丰却不屑一顾地摆摆手走了。

这次父亲去世了,蒹葭第一个告诉庄丰,庄丰不仅没有安慰蒹葭一句,第一反应也不是问蒹葭自己要不要回去,而是说"千万别告诉庄蝶"。因为当时庄蝶正好在南宁出差,蒹葭还准备安排家人去接待庄蝶,陪庄蝶转一转呢。结果得知蒹葭父亲去世,庄丰第一个想到的是千万别告诉庄蝶,怕庄蝶知道后要去蒹葭家奔丧。因为庄蝶和蒹葭关系还不错,庄蝶在去往南宁之前天天给蒹葭打电话、发信息,问南宁有啥好吃的、好玩的。

从蒹葭通知庄丰她父亲去世的那一刻起,庄家人都失声了,庄蝶也没再给蒹葭发过信息、打过电话。难道庄蝶不知道蒹葭父亲去世了?

在蒹葭回去协办丧事期间,庄家没有任何人出现在葬礼上,甚至没有一个人打个电话让蒹葭代买一个花圈。许多朋友和蒹葭的单位领导知道蒹葭父亲去世,都纷纷打来电话慰问,并让蒹葭代买个花圈。有的朋友还要从北京赶过去参加葬礼,蒹葭以不好接待为由,谢绝了朋友们的好意。不是蒹葭不想让朋友们来参加葬礼,是实在不能让朋友们来啊!女婿以及女婿家人都没来,来一些朋友算什么？不知情的亲戚更是要追问哪个是女婿，蒹葭没法交代啊！女婿以及女婿家人不回来，蒹葭在娘家丢人也就算了，这些从北京赶来的朋友也会问庄丰在哪儿？蒹葭怎么回答？朋友们怎么看蒹葭？

蒹葭的脸色很不好看。亲戚们有的在看蒹葭的笑话，有的也心疼蒹葭的不容易。姑姑们都出来帮蒹葭圆场子："她爸走得太快了，女婿出差去了，来不及赶回来。"

"丧礼七天呢！庄丰哪怕在地壳中心也来得及赶来啊！就算来不及，庄家就不能派个代表来吗？即使来不了代表，打个电话问候一下、安慰几句、让代买个花圈也行啊！这一家人还算是人吗？书都读到哪里去了？再有深仇大恨也要放下，毕竟逝者为大啊！蒹葭在娘家是有口皆碑的，上敬老、下爱幼，助人为乐、勤劳勤奋，在婆家能坏到哪里去？庄家再牛烘烘也应该遵循最基本的道义吧！"

亲戚们骂声一片，蒹葭听在耳里，恨在心里，却还在极力挽回面子："他家没有多余的人，他妈身体不好，他爸要照顾他妈走不开，他出差没回来。"

亲戚们愤怒到了极点："傻丫头，这明摆着是欺负你这个外地人啊！他家是他妈开不了口说话，还是他爸动弹不得？就算他爸妈都动弹不得了，他也残疾了，难道他全家都是哑巴吗？打个

缘来如此 183

电话也不会了?"

蒹葭顶着各种压力在家待了七天,这七天如同七年般难熬。她原本想在家里多待几天,给父亲守守灵,可亲戚们说得蒹葭全身发毛,在家待不住了。母亲和姑姑也怕蒹葭伤心过度,再加上亲戚们的压力,这样下去会将蒹葭击垮的,也都劝蒹葭快点回去。

蒹葭只好回到了北京。

可回到北京后,蒹葭更为难受。公公婆婆和男人正在家里大快朵颐,大声说着一些无关紧要的事情,好像在庆祝什么。蒹葭躺在床上想休息一会儿,婆婆又是唱歌又是跳舞,家里好不热闹。

蒹葭如同掉到冰窟窿里般寒冷,整个人都傻了。这是怎么了?这到底是为什么呢?自己的生活怎么是这样的呢?自己用心维护的、爱的是些什么东西啊?这还是人吗?还有人性吗?

蒹葭咬着牙冷冷地看着这群人,狠狠地在心里发誓:"我的父亲已经去世了,你的父母还活着,看我以后怎么对付你们!"

话是那样说,没多长时间,蒹葭的婆婆跳够了,唱累了,说自己病了,心脏不舒服,要住院检查。当时蒹葭出差在外,男人一个电话打过来,蒹葭想都没想就连忙赶了回来,帮婆婆联系医院、联系病床、联系医生,还天天去医院看望、照顾婆婆。等忙完这一切以后,蒹葭才想起当初自己当初发的誓言,但为时已晚。扎根在蒹葭心里的善良已经成为她生活的一部分,她太习以为常了,以至于报复只是在心里临时自我安慰的一种简单形式。

蒹葭狠狠地抽了自己一耳光,对自己说:"你真贱,没出息!"她抹了一把眼泪,极其不情愿地又极其自然地给婆婆送饭去了。

人们都会想,这下蒹葭的婆婆和男人总应该不至于那么作了,会良心发现,对蒹葭好一点了吧!在旁人眼里,蒹葭过的应该是神仙般的日子。蒹葭长得漂亮,又有能力,赚钱、持家都是一把好手,还给世代单传的庄家生了一个大胖小子,不但帮他们还清了债务,还给他们创造了他们做梦都不敢想的好生活。蒹葭还不多事,处处维护他们的尊严,蒹葭的上司无意中骂了蒹葭的婆婆,蒹葭问明原因,不惜得罪上司,甚至丢掉工作,也要帮她婆婆出那口气。家里大大小小的麻烦事,包括男人家亲戚、朋友的事都是蒹葭花时间、花金钱、托人情去处理的。

而蒹葭及蒹葭家人的事情一概跟男人没有关系,蒹葭父亲死了,男人以及男人的家人都不曾露面,甚至都不曾对蒹葭说一句安慰的话语。男人一家将事情做得这么绝,蒹葭的母亲还安慰蒹葭:"算了,人死如灯灭,别再计较。记人好处长寿,记人短处伤己。"

蒹葭的孩子仰着稚嫩的小脸,像大人般捧着蒹葭的脸安慰蒹葭说:"妈妈,别难过了,外公在天上和玉皇大帝喝酒呢。"

"是啊!人在做天在看,既然我的父亲仙去了,我还跟这些小人计较什么?"

人人心中都有一杆秤,至于它是用来称什么的,全凭良心。

婆婆这次住院,蒹葭以为是最好的一次改变他们一家的机会,她真心真意地付出,希望他们不要辜负自己。

然而事与愿违,对于蒹葭来说,世界上最冷的东西莫过于人心。这一家人的心已冻成了冰,永远也不可能融化,所以才有了他们后来合起伙来盗取蒹葭的钱财和房产的事情。

男人不停地说自己欠他姐姐的钱,欠他父母的钱。蒹葭不知道为何家里天天在赚钱,还能欠他姐姐和他父母的钱。他姐姐和他父母都是普通工薪阶层,以前一直过着节衣缩食的生活,怎么突然就一夜暴富,有着花不完的钱?他们在北京买房跟买大白菜一样,一年买一套,而且都是大户型,一次性付全款。这些还不重要,重要的是他们还能大把大把地向庄丰借钱。庄丰为何要借钱?借那么多钱干什么?为什么蒹葭和庄丰越赚钱越穷?

但是庄丰有证据,证明他借了他父母和他姐姐的钱,银行的明细账单很清楚地记着他们给庄丰打的每一笔款。

蒹葭不会管钱,更不会算账,也知道家庭的账是没法算清的,跟这样一家人怎么算账?能算什么账?欠就欠了吧!这些钱都花到哪里去了,再去纠结已经没有意义,只有埋头干活,尽快还账才是硬道理。尽管蒹葭知道这是他们在跟她耍心眼子,合起伙来欺骗她,蒹葭还是在想,无所谓,肉都烂在锅里,钱嘛,谁花不是个花?只要生活过得去就行。话又说回来,如果这会儿庄蝶以及庄丰的父母都穷困潦倒,没钱花,没饭吃,蒹葭还能袖手旁观,不闻不问?只当他们是穷困潦倒吧。

看着可怜的孩子,蒹葭还是不忍心离婚,今天受所有委屈都是为了孩子。庄丰再浑蛋也是孩子的爹,在外人面前孩子还有个完整的家。"我心已死,生亦何难?离不了,就这般将就着过吧!"蒹葭想。

日子依旧,人心依旧,贪婪依旧,矛盾依旧。

安慰是安慰,但心里那道坎是无论如何都过不去的。憋闷的时间久了,蒹葭还是患了抑郁症,不想吃,不想喝,不想说话,也不想睡觉,她感觉整个世界都是阴暗寒冷的,似乎有一只无形的手像刀一样悬在头顶,随时会结束自己的生命。她渴望,甚至祈求那把刀落下来,早点结束自己的生命。那一刻她是麻木的,她相信即使刀落下来她也不会知道疼。与其委屈地活,还不如痛快地死。

但她又明明白白知道自己不能死,自己死了,孩子怎么办呢?她绝不能让孩子落在后妈手里。

孩子真的很可爱,永远歪着头在探索世界,问东问西,无论在什么情况下把孩子弄醒了,他都会温柔地冲蒹葭一笑,或者爬起来抱着蒹葭亲一下再躺下继续睡。多可爱的孩子啊！要是没了妈妈,孩子该怎么长大呢？长大了难道又像庄家人一样自私自利、贪得无厌还蛮不讲理？庄家也不知是祖上哪辈子积了德才娶到蒹葭这样的媳妇,他们却不懂得珍惜。儿子如果长期在这样的环境里长大,以后能那么幸运,娶到一个像蒹葭这样知书达理的女人吗？

自己把儿子带到这个世上来,却遇到这样的父亲,孩子已经很不幸了。如果自己再不负责任,扔下孩子不管,那蒹葭无论在天堂还是在地狱,都不会安宁了。

蒹葭百思不得其解,自己到底做错了什么？自己的日子怎么就过成了这样？

蒹葭要活着,她不能用别人的错误惩罚自己。为了孩子,她也要勇敢地活下去。

这一次,她没有让乔乔带她去看心理医生,而是自己去看了心理医生,而且还认真地研读了心理方面的书。没事时,她开车到山脚去透透气,或跟艺术家们喝喝茶,谈谈艺术,谈谈人生。除此之外,她还将全部的精力都放在了创作上,只有在创作的时候,她才能找回自己,只有看到一幅幅经过她的手而诞生的栩栩如生的作品,她才能感觉到活着的意义。

整整一年时间,蒹葭才从抑郁中走出来,才在乔乔的鼓动下参加艺术比赛,才认识了孟非子,才发生了后面一系列的事情。她才觉悟过来,哪怕倾家荡产也要离婚,也要重新找回那个快乐简单的自己。

她原本是想和他有个了断,哪怕净身出户,也要让自己获得自由,结果庄家人走了,毫不客气地带着所有值钱的东西走了。

也好啊,也算是与庄家的一个了断吧!

蒹葭没有告诉母亲自己所经历的这些事,更不敢将母亲接到身边。就让母亲继续幻想着女儿还在过着有家却艰难的生活吧。

她是多么希望母亲来陪陪她啊!但是她不敢,也开不了口。自己的伤口一次次被人撕开撒着盐,自己已经痛不欲生了,她不忍心让可怜的母亲跟着悲伤。母亲用自己的经历作为活教材来教育蒹葭和蒹葭的妹妹,蒹葭还是没按照母亲的意愿而生活。母亲在北京的那段时间,天天流泪,直到眼睛溃烂发炎。父亲得知蒹葭就这般把自己嫁了,也是又心疼又生气,很长一段时间都不跟蒹葭联系。

父亲是一个有责任、有爱心的好男人,他带着母亲去看眼睛。刚刚痊愈,母亲的眼睛又哭坏了,父亲又带着她去看。

原本不再相信爱情的蒹葭,在父母的感情问题上还是很感慨、感动的。父亲应该是一个真男人,蒹葭从小就发誓,一定要找一个像父亲一样的男人结婚。他虽然愚孝,不得不跟母亲离婚,但是他在和母亲离婚之前就帮母亲买好了房子,安排好母亲和蒹葭所有的生活。而且在以后的日子里,母亲有任何困难,父亲都是第一个知道,并第一个出手相助的。蒹葭从小学到大学,没几个人知道她在单亲家庭中长大,因为她从没缺过父爱。

蒹葭记得在上初中的时候,学校发生过一件事,一次晚自习后回家的女生遭到歹徒强暴。母亲知道这事以后很着急,那时母亲刚刚在纺织厂谋得一份差事,经常三班倒,根本没时间接送蒹葭。

蒹葭不屑一顾地说:"没事,学校离家这么近,坏人还没眨眼,我就跑了一个来回了,能有啥事?"

蒹葭的父亲就对蒹葭的母亲说:"你别管了!晚上你出去我也不放心,这不是你女人家该干的事。"

自那以后,蒹葭的父亲每天都在蒹葭放学路过的公园坐着,他远远地看着蒹葭从学校出来,再看着蒹葭走进家属院,才放心地离去。

六年的中学生活,父亲只要没有特殊情况,就会风雨无阻地看着她,呵护着她。南方冬天很冷,有时父亲满头白霜,衣服都湿了,还是雷打不动地守护着蒹葭。

天冷了,父亲会塞给蒹葭一个暖手袋,有时会用保温桶装着热汤,等蒹葭放学时喝上一口暖暖身体。

每当过年过节,父亲总是不由分说地给她们送来需要用的物品。外婆去世的时候,父亲依旧以女婿的身份前去服丧。

父亲对母亲也相当体贴,母亲穿的衣服、戴的首饰都是父亲亲自买了让蒹葭的妹妹送过来的。父亲只要出差就会给蒹葭和母亲带好吃的。

他们虽然离异,但彼此心里都只有对方。蒹葭的父亲在去世前,还特意提前将他自己的墓地和蒹葭母亲的墓地修在了一起。生没能在一起生活,死了也要相守在一起,足以证明他们的感情深厚。只因为一个不明事理且神经质的婆婆,导致世间又多出一个悲剧家庭。

不能接母亲来,蒹葭就只能自己回去了。她也确实要回去了。在经历了很多事情以后,蒹葭经常在想这样的问题:人生到底是什么?幸福又是什么?聪明的人、愚蠢的人,浮躁的人、宁静的人,善良的人、邪恶的人,年老的人、年幼的人,高大的人、低微的人等,都被纠缠其中,困惑着、茫然着、挣扎着、无奈着、感叹着、伤心着。可是,人又是那么渺小和无助。我们必须努力,我们要在这个世界上证明自己的存在和坚强。

无论父亲好坏,只要父亲还在,有父亲的女儿就永远都自信,父亲就是女儿的靠山和勇气。如今父亲不在了,她还能去哪里呢?

蒹葭万分想念妈妈,就像妈妈想念蒹葭一般。

生活处处艰辛,只有在妈妈的身边,才能修复自己空洞的心。

17

　　母亲明显老了许多,身体也一天不如一天,见到蒹葭回来,顿时老泪纵横。她摸着蒹葭的脸,说:"孩子,瘦了,又瘦了!要是实在过不下去就不过了。我儿有本事,饿不死的。"

　　蒹葭大吃一惊,母亲是怎么知道自己的日子不好过的呢?她连忙跑到卫生间,看到镜子里的自己瘦骨嶙峋、憔悴不堪,一身骨架顶着一个面黄肌瘦的脑袋。蒹葭被镜子里的自己吓了一跳。难怪在她走之前,孟非子再三让她先别回家,建议她调养一段时间再回去,她还不知道孟非子原来是话里有话。早知道这个样子,还真是不应该回来吓唬可怜的母亲啊!老母亲是扛不住这么大的风浪的。

　　孟非子说:"乔乔走了,你必须坚强。不管你愿不愿意,后半生我都会保护你。"

　　蒹葭茫然地说:"男人是干什么的啊?要男人有什么用?"

缘来如此

孟非子心疼地看着蒹葭说:"男人有时确实没用,但我还是会拼命做一个好男人,能扶持你就扶持你,扶持不了你我养你,养不了你我疼你、爱你!如果我都做不到,那我就肯定不配活在这个世上了。"

蒹葭摇摇头,说:"你的灵魂是属于崔冰的,百年以后你还是她的。我活着是如此孤独,我的命就该这样吗?"

孟非子怔怔地看着蒹葭,眼泪顺着脸颊往下淌:"让我照顾你,像亲人一样地照顾你,别无所求。"

蒹葭认真地看着孟非子,这个细心的男人分明和父亲有几分相似,他温柔体贴,不算高大的背影后面总有着一股巨大的力量和正气,那是责任和爱心,更是男人的尊严和使命。曾经多少个梦里,她都希望找一个像父亲也像孟非子一样的男人,哪怕不结婚,哪怕他不属于自己,能远远看着,也让她感到踏实。

可今天,孟非子就在眼前,这个像父亲一样的男人此刻正深情脉脉地看着自己,蒹葭却没有勇气去接受这份向往已久的感情。先不说经历了这么大的情感风浪,她还在对婚姻的恐惧中没有醒来。也不说孟非子是否在潜意识里把她当作崔冰,想在蒹葭身上弥补对崔冰的愧疚。就是现在,蒹葭想向前迈一步也不行啊,蒹葭都不知道当初自己怎么就那么糊涂,睁着眼睛找了一个男人中的败类。这算什么事?现在她没有家,一无所有,却还不是自由之身,蒹葭毕竟还没有离婚。

真是一步错,步步错!

这次失败的婚姻,那刻入骨髓的教训是用十三年的青春换来的。如果开启第二段婚姻,蒹葭难以想象,她很害怕。蒹葭想,她在弄清男人到底有什么用之前,绝对不会再嫁人了。离异后的母亲从未再嫁,不也照样过得很好?我怎么就过不了呢?

孟非子说:"不嫁也好,让我做你的哥哥,在这个城市至少你不会感到孤单。"

18

蒹葭趁孩子们去夏令营期间,迫不及待地回到了母亲身边。

她太累了,需要一个安置自己灵魂的港湾。

母亲看着骨瘦如柴的女儿,什么都没问,每天变着花样地给蒹葭调理身体。蒹葭依旧不怎么说话,每天除了吃就是睡,不到一周,却也显出些红润来。

母亲每天早上执意将刷牙水、洗脸水端到蒹葭床前,像伺候小公主般地笑着侍候蒹葭,饭菜也如此这般地端到蒹葭床前,笑着看蒹葭吃饭。然后她便坐在蒹葭床前,母女俩温馨地聊着天。

母亲心疼地抚摸着蒹葭长满老茧的手,说:"你跟我一样,都是苦命。但你又跟我不一样,你有文化,有思想,有能力,你不依靠任何人就过上了比上不足比下有余的日子。想起这些,我还挺自豪的。"

蒹葭摸着母亲的手,苦笑着不说话。

母亲说:"无聊的时候我就在家算账,如果一个人每个月拿一万块钱的工资,从开始工作到退休,三十年,不吃不喝也就挣三百六十万。看似很多,实则在二线城市也就是一套房子的价钱。而你现在已经拥有二线城市的十套房子了,等于你在30岁的年纪就已经拿到一百五十年的工资了,还有什么不开心、不幸福呢?妈妈供你读书,妈妈激励你奋斗,不都是为了将来能过上好日子吗?好日子是啥?不愁吃穿,不愁钱花,自由自在、开心地活着应该就是最好的日子吧!一个不危害家庭、不危害社会、不危害国家的人就是干干净净的人,我们都做到了,现在最主要的是要做一个对得起自己的人,这就够了!生活没那么复杂。你用积极阳光的一面去面对生活,生活也会用积极阳光去迎接你,你周围的人也会受你的影响全都积极快乐起来,这就是所谓的传播正能量。就凭这一点,你就是对家庭、对社会、对国家有用的人。你又擅长绘画,能给人一种美的愉悦,那就更了不得了。我也不知道庄丰是书读多了还是脑子坏掉了,成天跟你斗啥啊?你们有车,有房,有存款,你还有一双即使扔在深山中也会迅速暴富的能干的手。你们还有一笔巨额财富,那就是你们还很年轻!年轻就是财富,没有什么过不去的坎儿,哪怕从头再来。"

母亲又说:"我相信我的女儿比她妈优秀一万倍,就是扔在男人堆里也是一条好汉。男人没那么重要。想通了,就那么一点事,谁离开谁不是个过啊?你妈妈这一辈子不就过来了吗?那时候我们虽然很穷,如今想想,却是我们母女在一起最快乐的时光。现在女儿长大成人了,条件一天比一天好了,却过得不知道开心是什么了,你这是进步还是倒退了呢?是聪明还是愚蠢了呢?是长大还是过糊涂了呢?人一定要自己学会给自己找快乐,纵使你家财万贯,也都是身外之物。我相信你的生活质量绝对不会因为多了一套房子、少了一辆车而改变。人活一世,草木一秋,婚姻实在不合适就放手。妈妈没有文化,也讲不了大道理,所以妈妈对你没有要求,只希望你珍惜自己,活出精彩,也不辜负来世上走一遭。累了就回来休息,这是你的家,你永远的家。"

兼葭将头移到母亲的腿上,静静地听着母亲絮叨。

兼葭感激地看着母亲,母亲紧紧地将兼葭搂在怀里。

接下来的几天,兼葭依旧吃,依旧睡,偶尔坐到窗台边晒晒太阳,像小时候一样陪着母亲绕线团。母亲有一个习惯,没事就喜欢织毛衣,尽管现在很少有人穿手工织就的毛衣了,可母亲依旧天天织着,以前给父亲织,也给兼葭的爷爷奶奶织,给兼葭和兼葭的妹妹织,也给庄丰和兼葭的妹夫织。兼葭打过多次电话让母亲不要再织了,说没人穿这些衣服的,寄到北京他们不但不感激,反而笑话兼葭的母亲老土。兼葭的母亲还是继续织,还是给他们寄。最初兼葭想念母亲的时候,还穿一穿母亲织的毛衣,有一次参加一个活动忘了换衣服,就穿着母亲织的毛衣去了,结果被人笑话太土,蒹葭后来就不怎么穿了。可母亲还是很执着地织着、寄着。

母亲几乎每隔两个小时就会给蒹葭做一顿饭,她好像要将蒹葭这十来年没在家吃的饭在这几天里全部补上一般。

"实在吃不下去就喝一碗汤吧!"母亲笑着看着女儿,而后端来一碗竹笋猪蹄汤,自己依旧坐在一边认真地织着毛衣。

蒹葭幸福且无奈地端过汤,笑了。

无意中的一瞥,蒹葭发现猪蹄上全是猪毛,顿时胃口全无。

蒹葭说:"这猪蹄您买回来没再处理?"

母亲说:"处理了呀!怎么了?"

蒹葭说:"您看这上面全是猪毛。"

母亲凑过来看了看,而后伸手到碗里去摸,母亲不好意思地说:"是还有猪毛。"

蒹葭惊讶地看着母亲伸到碗里的手,她又拿起母亲织的毛衣,有几处明显掉针了母亲都没发现。蒹葭再回头看着母亲的眼睛,哭了起来。

母亲说:"没事,黄斑病变好多年了,吃了一些药,也不见好。"说着,母亲端着汤进厨房忙碌去了。

蒹葭转过脸去,狠狠地抽了自己两耳光。这么多年一直在照顾别人的母亲，照顾别人，却忽略了自己的母亲也是个老人，也需要得到照顾。蒹葭全身颤抖地抽泣起来。好一会儿，蒹葭停止哭泣，跑进厨房，不顾母亲的阻拦，端起那碗竹笋猪蹄汤一口气吃完了，而后母女俩紧紧地拥抱着。

19

回北京前,兼葭绕道去看望了仓婆婆。时隔一年多,那条街已经被拆得差不多了,只有仓婆婆的房子还像一个小学生写的倒"吕"字形矗立在那里,摇摇晃晃,处于风雨飘摇之中。

仓婆婆瘦得只剩下细长黝黑的骨架,像木乃伊一样端坐在门槛上打着盹,更准确地说,是像一张油纸一般,印在了那扇不是古董但依旧古老而腐朽的门上,是那么和谐,和谐得让你根本分不清哪是人,哪是门。而那分明又像是一体的谈不上艺术的简易雕塑,若不仔细看,仓婆婆就仿佛在你眼前消失了。

鞠婆婆家显然已经搬走了,昔日房子的轮廓变成了一座一眼望不到头的垃圾场。仓婆婆已然是一具油尽灯枯的骷髅,她在用她最后的心跳坚毅地撑出楼兰女神的伟岸来。

街道上已经找不到一点生气和色彩,只有仓婆婆家门前那张黝黑的长条桌上还摆着几个形状各异的菜篮子,风一吹,便东倒西歪,有的虽已掉落在秋叶之中,却还坚强地挺立着,像是在为仓婆婆站最后一班岗。

秋米在远处哇哇大叫,好像是一根树枝掉下来砸到了他的头,他不停地用砖头砸着那棵还算粗壮的树。

蒹葭轻轻捡起掉在地上的菜篮子,吹掉上面的落叶和灰尘,让它回到属于它自己的位置。秋米眼疾手快地跑了过来,打她的手,纠缠不休。

仓婆婆被惊醒了,张着空洞的少牙的嘴朝这边看着。

蒹葭走了过去,叫着仓婆婆,跟她说着话。仓婆婆显然已经认不得她了,但还是像第一次见到蒹葭时一样,领她进屋,拿出一双绣工依旧粗糙的新拖鞋让蒹葭换上。她去给蒹葭做饭,并说:"就住在这里,没事,我有你就有。"

屋子里已经没有电,酥油灯晃晃悠悠,忽明忽灭,像一位风烛残年的老妪在述说着她那伟岸且凄楚的一生。

傍晚,酥油灯下的老妪——仓婆婆躺在躺椅上宁静且安详地借着酥油灯的光,透过厚厚的玻璃窗注视着窗台外。窗台外是仓婆婆亲手种的牡丹花,据说,每当上灯时节,白色的牡丹花就会一簇簇、一团团地跟仓婆婆进行无声的交流。每当这时,花香就会不时地透过窗子的缝隙丝丝缕缕地飘进来,哪怕是在万物沉睡的冬天,尽管花期已过,花盆里只剩下一些枯萎的枝干,也不例外。

蒹葭希望这些是真的,因为这无形中给年过九旬的孤老太太平添了几分安慰。

白天,仓婆婆是不愿看到这些花的,因为那一朵朵花就像仓婆婆的心事,疙疙瘩瘩,永不舒展,而且永远只开白花。原本仓婆婆是围着屋外种一圈的,别人看了瘆得慌,她就都拔掉了,只留了几盆在窗台静静地养着。仓婆婆还给那花起了一个好听的名字——白云。有人说花如其人,仓婆婆的花每年开两季,但每季开得都很窝囊,为此仓婆婆像是在拼命地证明点什么似的,她把花种换了一次又一次,连花盆里的土都换过数回,可这些牡丹花就是不肯为仓婆婆争口气。仓婆婆叹气说:"这就是命吗?跟我的命一样。"

看似多余的花,在此刻孤独的街道上却成了仓婆婆的知己,不论贫穷富贵,不论生老病死,不论狂风暴雨,它们都不离不弃,静静地陪着仓婆婆一起守候。

仓婆婆始终坚信,她的俊熙就在回来的路上。

蒹葭去了当年学校所在的位置,还是一座高楼,看似雄伟,却没有了生机。高楼前方有了一座公园,那里原本是学校以前的操场,蒹葭曾经和老师、同学在这里踢过足球、打过篮球,那个贫穷但活泼的男孩穿着球衣满头大汗地和她相视一笑。就这一笑,勾走了一个懵懂、天真的少女的心。从此,这个少女便陷入了情网。

一个苍老、浑厚的声音打破了蒹葭的回忆:"姑娘,算个命吧,一看姑娘就是个贤惠、善良且能干的人。"

蒹葭被声音吸引,望了过去,一个个子不算矮的老年男人,颧骨很高,稀疏的头发、浓密的胡子都很长,而且全白了,看上去似乎好几年没有打理过了,但依然给人干净整洁的好感。老人国字形的脸上布满皱纹,那皱纹使他的脸看上去像树皮一样粗糙,一副饱经沧桑的样子。老人此刻目光如炬,认真且执着地盯着蒹葭,那眼神里分明有着几分对生活的自信和不服老的倔强。蒹葭认出他来了,他就是学校以前的锅炉工王师傅,是什么迫使他现在成了个算命先生姑且不论,就这种故土遇故人的亲切使蒹葭在算命摊前蹲了下来。王师傅自然没能认出蒹葭,蒹葭也不想去说破,就伸出一只手让他看相。

王师傅不露声色地透着欣喜,却也看似很专业地给蒹葭解惑。最后他很认真地对蒹葭说:"姑娘命中高贵,出类拔萃,今年会遇到真爱。"

蒹葭吓得猛地一哆嗦,连忙把手抽了回来:"不要,千万不要。这样我又要给别人生儿育女,挣钱养家,照顾他人父母,像老黄牛一样辛苦,还要被人孤立。"

蒹葭说着,拔腿就跑,跑出很远还听到王师傅跟旁边的人说:"这孩子真可怜!"

公园的前方有一座小山,这座小山蒹葭很熟悉,叫凤栖山。说是山,也不是山,其实是一二十米高、二三十米长的一个小坡而已。小山以前就有,现在还在原地。有人说这是越王陵,埋葬着一个百越的越王,里面埋了好多宝贝。据说曾经有一个清洁工在这里扫到一大卷金线,清洁工就不做清洁工了,发财了后就不知去向了。那时蒹葭和乔乔都很穷,乔乔不忍心让她的男朋友为省钱一天只吃一顿饭,蒹葭的男朋友也穷,所以她们俩天天幻想着能在这里捡到一团金线!于是,她们经常带着幻想,带着好奇,带着愉悦来到这里,这里挖挖,那里看看,更多的时候则是从一个个小老鼠洞里拉出来一些城市生活垃圾。后来又有人告诉蒹葭,说这哪是什么越王陵啊,原本就是城市的一个垃圾山,人为堆砌的一个城市屏障。南方人讲究风水,认为入海口直接对着城市不好,于是就用生活垃圾堆起了这么一个屏障。

再后来,蒹葭和乔乔每次带着幻想而来,却都空手而归后,她们便相信了这是个垃圾屏风。但她们还是喜欢到这里来玩,到这里来看山、看海、看高楼大厦以及周围的风景,更多的是看一对对男女在这里谈情说爱。

她们也像情侣般地背对背坐下来,信心百倍地憧憬着未来。

山顶不知何时多出了一棵树,郁郁葱葱直插云霄,树叶在微风中舞动,在阳光下熠熠生辉。树上有几个鸟窝,有大的鸟窝,也有小的鸟窝,不时有大鸟飞了回来,给小鸟喂食,辛苦而温馨。这何尝不是人类最初向往的模样?

树很大,绿荫庇护下有十几个平方米的阴凉,树下一如既往地坐着一对对情侣,他们小声呢喃着,满脸、满眼都是温柔。

蒹葭爬到小山的顶端,也就是树下。这里光线很好,风景也很好,从这里既能看到以前的学校,也能看到公园,还能看到不远处的大海。风柔柔的,夹杂着丝丝的海腥味,却又是那么好闻。

她坐了下来,静静地看着海面和远处嬉戏的人群,有着恍如隔世的感觉。

天空一片灰蓝,几只小鸟飞了过来,在大树梢上停了片刻,又无声地飞走了,远处海浪声乱糟糟的。乔乔向蒹葭走来,又面无表情地从她身边走了过去,紧随着一个年轻男人的背影远去。蒹葭扑了上去,想抓住乔乔,可是没能抓住。

蒹葭有气无力地说:"乔乔,乔乔,为什么啊?你们这是为什么啊?我们这又是为什么呀?这原本是咱们美好的开始,怎么又成了咱们无声的结局呢?"

乔乔不说话,继续向前走着,紧随那个熟悉的男人的身影向前走去。蒹葭也向前走去,走到海边,只见一群学生表情严肃地面向大海,每人手里都拿着一捧菊花,而后在沙滩上摆出一个巨大的花圈。他们燃起白色的蜡烛,蜡烛下放有一个画出来的牌位,上面写着"祭我们逝去的青春"。男男女女围着花圈转了一圈又一圈,直到第三圈后才停了下来,而后相互抱头痛哭。蒹葭和乔乔也在其中,她们忽而哭,忽而笑,阳光洒在她们的泪珠上,泪珠晶莹剔透的,被一缕缕拉开,拉成一根根金线,蒹葭捋了一把又一把,最后将一大团金线抱在怀里傻傻地笑着。

乔乔说:"真想时间就此停止,我愿将我的一切都留在这里。"

庄丰站在远处默默地看着,看着,而后走了过来,牵着蒹葭的手,不容分说地向前走去。走过那棵大树,走过那座小山,走过花园,走过操场,走过那个赖家面屋,走过无穷无尽不知黑白、美丑、善恶、对错、是非的日日夜夜,直到不知去向。

恍惚中,蒹葭笑着笑着就哭了。

一只金翅雀幼鸟掉到了她的脚下,就在她抬头看时,又一只金翅雀幼鸟也掉了下来,两只幼鸟身上有着明显的伤痕。这时,又一只金翅雀雌鸟从远处飞了过来,紧接着树上吵闹一片,树上的两只鸟打闹作一团。漂亮的雄鸟向远处飞去,雌鸟紧追不舍,两只鸟依旧打闹作一团……

万事都有因果,今生的夫妻似是前生的冤孽,逝者已去,生者殇殇,人和人的聚散就像天上的云,就像虚无缥缈的昙花美梦,又如水中的浮萍,无根无家没有踏实的永恒。聚聚合合、分分离离,

缘来如此   207

缘来了又去了,是你的,又不属于你。天也空空,地也空空,情也空空,人也空空,万事皆空,我们都不过是借天地一隅在做一场自以为是的梦而已。那对金翅雀以及这两只鸟宝宝也是如此。

一只温暖的臂膀将蒹葭拥入了怀中,一个浑厚的男中音吟唱着:"昕潮涨了,昕潮涨了,死了的光明更生了。春潮涨了,春潮涨了,死了的宇宙更生了。生潮涨了,生潮涨了,死了的凤凰更生了。凤凰和鸣,我们更生了,我们更生了。一切的一,更生了。一的一切,更生了……"